Wilhelm Raabe

Die Gänse von Büt:

Eine obotritische Historia

Wilhelm Raabe

Die Gänse von Bützow

1. Auflage 2011 | ISBN: 978-3-86403-688-0

Erscheinungsjahr: 2011

Erscheinungsort: Paderborn, Deutschland

Outlook Verlag GmbH, Paderborn. Alle Rechte beim Verlag.

Reproduktion des Originals, angepasst an die neue Rechtschreibung.

Wilhelm Raabe

Die Gänse von Bützow

Erstes Kapitel

Auctor stellt sich der Nachwelt vor. Der Herr Doktor Wübbke verlässt die Herrenstube im Erbherzog zu Bützow.

Möge ein anderer den Zorn des göttlichen Helden Achilleus oder die Irrfahrten des klugen Dulders Odysseus, ein anderer die Leiden und Freuden des tapferen Aeneas, des alten oder neuen Amadis, die Leiden des jungen Werthers oder der sündigen Menschen Erlösung singen; ich, J. W. Eyring, in wohlverdienter Ruhe nach langen, kläglichen, staubigen, ärgerlichen Jahren des Schuldienstes, singe im hohen, höhern und höchsten Ton mich selbst und die große Revolution zu Bützow, wie sie mit Gemurmel begann, mit Pauken und Posaunen ihren Fortgang nahm und glücklich zu Ende geführt wurde. Der Gänse und des Volkes Geschrei singe ich, der Mamsell Hornborstel Zorn, Unterdrückung, Rache und Sühne, Grävedünkels entsetzliches Geschick, der wilden Führer Mut und jakobinische Reden, des Magister Albus und des Doktor Wübbke Jubilationes und Tribulationes, eines hohen Senati und regierenden Bürgermeisters altrömische Tapferkeit, Herzoglicher Justizkanzlei und Serenissimi, meines Durchlauchtigsten Fürsten und Herrn, gnadenreiches Edikt, einer hochgelahrten höllischen Juristen-Fakultät treffliches Gutachten und hochweisen merkwürdigen Rechtsspruch – lectori benevolenti, einem wohlwollenden Leser, zu Nutz und Ergötzen, mir pro laurea, niemandem zum Schaden, als ein biederer, bescheidener Untertan, Patriot und Emeritus.

Wo die Fluten der Warnow das liebliche und nahrhafte Land der Obotriten, Welataben und Wagrier durchströmen, liegt im Arm der Nixe des Flusses die Stadt Bützow, jener Winkel der Erden, welcher »mir vor allen lacht«, wo ich eine Brotstelle und ein Weib fand, wo ich liebte und lebe, wo seit meinem Abtreten vom Schuldienst und dem Ableben meiner geliebten Friederike die Götter mir jene otia gaben (nur stellenweise verbittert durch podagristische Vexationes in der großen Zehe des linken Fußes), die jedem Menschen so wünschenswert erscheinen müssen, aber nicht einem jeden zuteilwerden. In Bützow verlebte ich meine unschuldige Jugend mit Ausnahme jener Jahre, welche dem Studio auf der Universität zu Rostock geweiht waren, in Bützow war ich ein Mann, in Bützow wird man mich begraben; und sollte ich nach meinem Tode zur Strafe für meine Sünden einige Jahre oder Jahrhunderte lang nachts zwischen zwölf und ein Uhr zur Auslüftung hinausgeschickt werden, so werde ich in Bützow spuken und als schwarzer Schulmeister, mit schlecht gekämmter Perücke auf dem Schädel, dem Haselröhrchen unter dem Arm und meiner Abhandlung Latium in compendio in der Tasche, den kommenden Generationen mit Vergnügen jenen heilsamen Schrecken vor dem Unbegreiflichen, jenen Schrecken vor dem Geiste einjagen, welcher (ich meine den Schrecken) uns täglich mehr abhanden zu kommen scheint.

In Bützow an der Warnow ist mir ganz allmählich das Kleinste zum Größesten und das Größeste zum Kleinsten geworden, und wenn ich von meinem Museo aus den Gang der Dinge betrachte, so gehört es nicht zu den geringsten Vergnügungen, zu sehen, wie der Spaß den Ernst ablöset und wie die Welt ein gar jokoses und amüsantes Theatrum sein kann, vor welchem nur die Allerweisesten und die Allerdümmsten mit unbewegter Miene sitzen dürfen.

Sintemalen mir nun eine nicht ungütige Gottheit nach ihrem Gefallen einen annehmlichen Standpunkt zwischen Aufklärung und Dunkelheit angewiesen hat, so nehme ich mein Teil Lachen, wo ich es finde, und wenn ich den Kothurnus verstehe, so halte ich es doch nicht eines verständigen Mannes unwürdig, auch am Soccus Gefallen zu finden; es gibt gottlob voller gepfropfte Schubsäcke als den Meinigen, und niemals habe ich über dem Senat und Volke von Rom den Rat und die Bürgerschaft von Bützow vergessen. Ich habe nicht nur die Grammatik gelesen, sondern auch Candide, habe das Leben und die Meinungen Tristram Shandys studiert, imgleichen die Musarion und die Abderiten des Herrn Hofrates Wieland – doch still! Auch eine hochehrwürdige Geistlichkeit zu Bützow gehört teilweise zu meiner Freundschaft und Bekanntschaft, und »ich kenne die Pastöre« gradeso gut wie der Herr Justizamtmann und Professor Bürger in Göttingen und weiß, dass sie nicht nur an der leiblichen Tafel oder Tafel des Leibes Messer und Gabel gut zu führen wissen. Folgendes aber ist der Verlauf des großen Gänse-Tumultes zu Bützow, dessen Beschreibung ich sogleich mit dem Ausbruch desselben begann, in der Erwartung, er werde groß und denkwürdiger als alles sonst in dieser Art Vorgefallene werden. (V. Thucydid. bel. Pel. Lib. I c. 1.)

Wir, die wir in der Zeit der allergewaltigsten Ereignisse, welche die Welt seit Jahrhunderten sah, leben, wir, denen der Postbote, ja jedes Botenweib täglich eine neue welthistorische Aufregung in der Ledertasche oder im Tragkorbe in den Erbherzog oder ins Haus bringt, wir mögen wohl mit Recht beneidet werden von manchem kommenden Geschlecht der Kannegießer.

»Ganz Welschland bebt und Sachsenland,
Das feste teutsche Reich;

Vom Gotthart bis nach Samarkand
Wird's Ziehens großer Teich[1].«

Wir sangen das Lied vom Luftballon schon Anno 1785:

»Und Muhmeds grüne Fahne weht
Getränkt mit Christenblut,
Die Pforte knarrt, der Franzmann bläht,
Als wär's ihm rechter Mut.
Nein! länger harren will ich nicht!
Her mit dem Luftballon!
Wer mit mir will, eh alles bricht,
Der eile, und davon!« –

aber wer hätte damals geahnt, mit welchem ganz andern behaglichen Schauder sich die Haare des teutschen Mannes unter der Perücke aufrichten sollten? Wer hatte eine Ahnung von dem, was wir im verflossenen Jahr 1793 im neufränkischen Westen erleben würden? Und wer, der unter eines wohlweisen Magistrates zu Bützow und Serenissimi mildem und väterlichem Regimente lebt, konnte wissen, wie bald uns der erschreckliche jakobinische Gräuel vor die eigene Tür rücken sollte?

Im Erbherzog hatten wir unsern Klub der Honoratioren! –

Wahrlich ist es nicht die Sache eines weisen Mannes, sich ganz und gar in seinem Museo verschlossen zu halten. »Vox viva docet« ist ein gutes Wort; denn »warum zögen wir auf den gelehrten Jahrmarkt der Akademien, um dort aus der ersten Hand für bares Geld Wissenschaft und Weisheit einzutauschen, wenn uns diese Artikel der Höckenkram unsrer Bücherschränke ebenso gut liefern könnte?« sagte mein viel betrauerter Freund und weiland witziger Korrespondent, der Pagenhofmeister Musäus, und hat in den elysischen Gefilden, wo er wandelt, nichts dagegen, wenn ich hinzufüge, dass das Diktum: das lebendige Wort lehre, nicht nur von Jena und Halle, sondern auch vom Erbherzog, vom Rostocker Schiff, vom Goldenen Bären und Roten Löwen gelte, und dass kein Student im Römischen Reiche Deutscher Nation, soweit es noch vorhanden ist, etwas dagegen einzuwenden habe. Seit dem seligen Hinscheiden meiner geliebten Friederike und dem siebenzehnten Junius 1789, allwo zu Versailles sich der dritte Stand zur Nationalversammlung erklärte

---

[1] Es soll mich wundern, was aus Mecklenburg wird, wenn des Superintendenten Ziehen Prophezeiung vom Untergang eintrifft.   J. W. Eyring.

und die Revolution anhub, war ich im Besitze clavis magnae sapientiae, des Hausschlüssels, und ging mit Diskretion in den Erbherzog.

Ich ging jeden Abend, den Gott werden ließ, in den Erbherzog, sah im Sommer dem Kegelschieben zu, saß im Winter mit der Tonpfeife auf dem dritten Stuhle links vom Bildnis Serenissimi, tat im Sommer wie im Winter mein möglichstes, auch für mein Teil Bewegung in die Weltbegebenheiten zu bringen, und ging mit nicht geringem Vergnügen dem Hange nach Mitteilung und geselliger Anmut im Kreise der tobakswolkenumwogten Honoratioren von Bützow nach. Wenn wir auch nicht weise, unsträfliche Äthiopen, Lieblinge der Götter sind, so gehören wir doch auch nicht völlig in die Kategorie der wüsten, ungefälligen Kymmerier, und der Berliner Doktor Herr Friedrich Kronemann, welcher in dem hier vor mir liegenden hunderteinunddreißigsten Stück des Intelligenzblattes zur Allgemeinen Literaturzeitung vom Jahre 1792 bekanntmacht, dass er eine Karte von »den Gegenden der verschiedenen Geisteskultur in Deutschland« herauszugeben gewillt sei, wird hoffentlich nicht die schwärzeste chinesische Tusche für unser Kolorit verwenden, oder wenn er's doch tun sollte, jedenfalls zu seinem eigenen Besten das Überschreiten der mecklenburgischen Grenze tunlichst vermeiden. Es klingt uns ein schönes französisches Lied – auch aus dem Jahre 1792 – noch immer in die Ohren:

> »Savez vous la belle histoire
> De ces fameux Prussiens?
> Au lieu des palmes de gloire
> Ils ont cueilli des raisins«;

ich will es aber nicht weiter nachsingen, denn es bringt mich auf unser eigenes Bundeslied im Erbherzog:

> »Die Zeiten, Brüder, sind nicht mehr,
> Wo Treu und Glaube galten;
> Jetzt sind die Worte glatt und leer,
> So hielten's nicht die Alten.
> Wie mancher schwört jetzt Stein und Bein,
> Und nie stimmt seine Tat mit ein.
> *Wir* wollen redlich sein!«

Ein poetisches Genie, welches mit der Post und mit zerrissenen Hosen von Weimar kam und nach Rostock ging, welches sich im Erbherzog festkneipte und welches wir Honoratioren von Bützow vermittelst einer

Kollekte auslösten und weiter spedierten, hat uns diesen Vers und manch andern dazu als Gratial zurückgelassen, und wir singen den Gesang mit großem Gusto zum Bischof bei jeglicher feierlichen Gelegenheit:

»Dass Vater Noah Wein erfand,
Muss jeder Zweifler glauben;
Er schnitt die Reben mit der Hand
Und kelterte die Trauben.
Oft, wenn sich seine Kinder freun,
Berauschen sie sich in dem Wein.
   Wir wollen mäßig sein!«

Diesen zweiten Vers intonieren wir gewöhnlich, wenn uns der Nachtwächter nach Hause geleitet oder während er das Schlüsselloch für uns sucht, und's macht einen sehr angenehmen und soliden Effekt in den Gassen von Bützow. Noch viel moralischer aber würde die Wirkung sein, wenn das Pflaster ein wenig besser wäre und des Weges Unebenheiten den teutschen Biedermann samt seinem Gesang nicht so oft aus dem Gleichgewicht brächten. – –

Man schrieb den vierten November des Jahres 1794; von der See her hatte sich der gewohnte Nebel über das Obotritenland gelagert; wir hatten keine Ahnung davon, dass an diesem Tage Suwarow Praga mit Sturm nahm und zwölftausend Bürger, Weiber und Kinder niedermetzelte; wir hatten unsere eigenen Kämpfe zu bestehen und waren vollauf damit beschäftigt. Bürgerschaft und Magistrat lagen einander arg in den Haaren wegen der Verteilung des Gemeindeholzes.

Die schnell eingetretene Kälte hatte diesen faulen Fleck der städtischen Verwaltung zu einer brennenden Frage gemacht; die Gemüter waren umso erhitzter geworden, je mehr das Wetterglas gefallen war; die Ratssitzung am Morgen hatte einer Pariser Konventssitzung geglichen, am Abend zankte man in der Honoratiorenstube des Erbherzogs sich weiter. In Anbetracht aber, dass ich mein Deputatholz eingezogen hatte, und in Anbetracht, dass der bekannte Mister Edmund Burke in seinem Buche Vindication of natural society berechnet, dass seit Anfang der Historie sechsunddreißigtausend Millionen Menschen durch Kriege der Könige und Eroberer umgekommen seien, saß ich den Tag über ruhig, las Mangelsdorfs Hausbedarf aus der Geschichte (Halle und Leipzig bei Ruff) und Ephraim Moses Kuhs hinterlassene Gedichte (Zürich, bei Orell, Geßner, Füßli und Compagnie 1792) und ließ mich nichts anfechten.

Erst um acht Uhr abends ging auch ich in den Gasthof, und wenn es mit Recht heißt: »nulli vitio unquam defuit advocatus«, keinem Laster fehlte jemals ein Advokat, so bin ich gern in diesem Punkte mein eigener Rechtsbeistand und brauche keinen andern.

Durch den Nebel schienen rötlich die Lichter des Städtleins, einen rötlichen Schein warf meine Laterne in die bützowsche Finsternis, mit unheimlichem Gegurgel suchte die Warnow ihren Weg durch die Nacht, und an der Ecke des Marktes stieß ich auf einen andern bemäntelten Laternenträger, der ebenfalls den Dreimaster tief in die Stirn gezogen hatte und mit seinem messingbeknopften Stabe vorsichtig die gefährlichen Stellen seines Pfades austastete.

Und wir erhoben beide die Laternen, uns zu beleuchten, und wir sprachen beide:

»Allerschönsten guten Abend, Herr Kollega!«

Auch der Kollaborator Magister Albus befand sich auf dem Wege zum Erbherzog.

Der arme Teufel! Er saß nirgends so warm als in seiner Schulstube oder im Klub der Honoratioren; seine Großmutter hatte ihn in Greifswalde studieren lassen und den Rest ihres Vermögens seiner Schwester vermacht, er hatte sich kümmerlich als Präzeptor, Korrektor oder dergleichen durchgeschlagen in Pommern, Mecklenburg, im Lande Sachsen und war als ausgehungerter Wandersmann bei uns angelanget, um daselbst weiter zu hungern. Sein schwarzes Röcklein hatte längst die Wolle an den Dornbüschen des Lebens zurückgelassen; seine Kniehosen waren des Rockes würdig, seine schwarzen Strümpfe waren gestopft und seine Schuhe geflickt, und er war nach mir der gelehrteste Mann in Bützow. Deputatholz bekam er jedoch nicht, und die Verteilung des Gemeindeholzes konnte auch von keinem Einfluss auf seine Behaglichkeit sein. Er pflegte zweimal in der Woche bei mir zu essen und hatte keine Geheimnisse vor mir; ich aber hatte mir längst vorgenommen, seine Umstände durch Rat und Tat verbessern zu helfen, hatte jedoch leider noch nicht die Gelegenheit dazu gefunden.

Wir setzten unsern Weg natürlich Arm in Arm fort und näherten uns dem Erbherzog, dessen Fenster nach gewohnter Weise feurig in der Nacht erglänzten, in dem man aber an diesem Abend nicht sang:

»Die Pflicht befiehlt, das Wohlergehn
Des Nächsten nicht zu neiden,
Man soll, wenn Arme hilflos stehn,

Sie speisen, tränken, kleiden.
Der wahre Mensch sieht ihre Pein,
Um Trost und Hilfe zu verleihn;
Wir wollen Brüder sein;«

Im Gegenteil, auf der weiten Hausflur stand die Gastpatronin inmitten eines aufgeregten Haufens ergrimmter Plebejer aus der Bürgerstube, vergeblich bemüht, die Erregtheit derselben durch sanfte Worte oder durch drohend erhobene Fäuste zu beschwichtigen.

Als sie uns erblickte, machte sie sich und uns mit den Ellenbogen Raum durch das Volk und rief:

»O meine Herrens, meine Herrens, is dat eine Welt, is dat eine Welt! ... Nu holt dat Muul, ji Dicksnuuten, will ji?! O meine Herrens, der Herr Doktor Wübbke sind drinnen bei die Herrens ans Wort von wegen dem Holze; aber wat helpt't Reden? seggt Spölk; das Holz is verteilet, und wer was gekriegt hat, hält's fest, und den Herrn Doktor Wübbke haben sie vor'n Jakobiner aufgesetzet und woll'n 'n aus'm Klub schmeißen, und – Vadder Nuddelbeck, ick schla' ihm noch die Näse in, wenn bei keine Ruh givt! – und diese hier stehn vor'n Doktor Wübbke und wollen mich in meine eigene vier Wände die Marselljäse und Karmanjole singen, und hier Schmidt der Schneider, und Holzrichter und Compeer und Scherpelz und so viel ihrer der Deubel aus dem Loch gelassen hat, brüllen mich und die Herrens die Ohren voll, als wären alle Pariser Satans hier in Bützow und im Erbherzog losgelassen, und wollen mich hier 'nen Konvent und 'nen Berg aufsetzen –«

»Dat will wi! Dat will wi! Un'n Vivat für'n Herr Doktor Wübbke!«, schrie der Haufen, und die Gastpatronin stemmte die Arme in die Seiten, stellte sich fester auf ihren Füßen, aus weit geöffneten Nasenlöchern Trotz, Hohn und Verachtung blasend.

»'n Vivat für 'n Doktor Wübbke!«, brüllte die Bürgerstube, »und nochmals, und abermals! Und Freiheit! Und Gleichheit, und –«

Alle aufgesperrten Mäuler blieben aufgesperrt – die Tür der Herrenstube war plötzlich mit großem Gepolter aufgerissen worden; schwere Tabakswolken und ein Getümmel streitender Männer drängten sich hervor; – aus dem Dampf flog gleich einem schwarzen Kometen eine zerzauste Beutelperücke unter das Volk auf der Hausflur, und ihr nach folgte der Doktor Wübbke, der Advokat und Bützower Danton, im hohen Schwung geschleudert von den kräftigen Armen der Patrizier. Mit Sausen fuhr er aus den Lüften herab in die Arme der Wirtin, welche in ihrem Fall den Schneider Schmidt, den Schuster Haase und den Fuhrmann Mertens mit sich zu Boden riss. Über dem Gezappel und Gezerr aber stand großartig und würdig auf der Schwelle der Honoratiorenstube der dirigierende Bürgermeister Dr. Hane und rief mit gewaltiger Stimme:

»Silentium! Man schweige – man brülle, man räsoniere nicht! Man respektiere seine von Gott eingesetzte Obrigkeit, halte seine ungewaschenen Schnauzen und verfüge sich nach Hause, ein jeglicher zu seiner Frau, dass sie ihm nach Verdienst den Buckel und den Kopf wasche.«

Und neben dem dirigierenden Herrn erschien der Pastor Primarius Ehrn Jobst Klafautius, erhob die Hände und in ihnen das geistliche Schwert, indem er milde Georg Beiers Geistliche Schlafhaube, mit tröstlichen Sprüchen aus der Heiligen Schrift zusammengenähet, zum Besten des Bützowschen Stadtfriedens dem tumultuierenden Haufen über die Ohren zu ziehen strebte.

Ob diese erwünschte Ruhe aber ohne den harten Fall des Doktor Wübbke so bald eingetreten wäre, steht dahin. Er ist ein gescheiter, ein kluger, ein mundfertiger Mann, der Herr Doktor; aber er war augenblicklich auf den Kopf gefallen und ließ sich ohne weiteres Geschrei nach Hause abführen. Auch dem wilden Volke seiner Anhänger – dem Schwanz Robespierres – imponierte die patrizische Gewalttat; man verlief sich mit dumpfem Gemurr, es gab Ruhe im Erbherzog, und ich durfte mit dem Magister Albus ohne weitere Verhinderung meinen Platz am Tische in der Herrenstube einnehmen.

Zweites Kapitel

Der Generalfeldmarschall Suwarow nimmt Praga; der Kämmereiberechner Bröcker redet in unseres. Auctor geleitet den Magister Albus nach Hause.

Sämtliche Pfeifen der Gesellschaft waren erloschen. Man atmete tief und schwer. Erregte Mienen, verstörte Blicke begegneten dem kühleren Beobachter, wohin sein Auge sich richten mochte. Nur Serenissimus sah in gewohnter wohlwollender, wohlgenährter Heiterkeit aus seinem Rahmen auf uns herab. Er stand unantastbar über dem wilden Kampf der Parteien; selbst der Doktor Wübbke hatte sich gehütet, *ihn* anzugreifen. Er konnte lächeln, nicht aber der Dirigens Dr. Hane, nicht die hochehrwürdige Geistlichkeit, nicht die hochlöbliche Arzneiwissenschaft, nicht ein ehrbarer Kaufmannsstand. Es war nicht mehr so in Bützow wie sonst, nicht mehr so, wie es sein sollte: der respektwidrige, blutdürstige, revolutionäre Zeitgeist saß auf dem Stuhle, welchen der Doktor Wübbke leer gelassen hatte, der Pesthauch aus dem Lutetischen Sumpfe senkte sich auf unsere Häupter herab, und

> »Wer dieses Duftes sog, es erscheinet flugs
> Das Schwarze weiß ihm! Tugend, Erbarmen sind
> Ihm Namen; Eide Schaum der Wogen;
> Lästerung Witz, und nur Unsinn Weisheit«,

sang Friedrich Leopold, Graf zu Stolberg, im Junius dieses Jahres 1794 zum Klange seiner geweihten Harfe. Übrigens waren wir fest entschlossen, in der Holzfrage dem Sansculottismus nicht nachzugeben. Wir hielten fest an dem Hergebrachten und schworen wie die Handwerksgesellen zu Osnabrück beim Eintritt ins löbliche Gewerk: nichts Altes ab- und nichts Neues zukommen zu lassen.

»In das Raspelhaus mit dem Rabulisten, dem Septembriseur!«, keuchte der atemlose Dirigens, und sämtliche anwesende Magistratspersonen und Ausschussbürger waren atemlos und entrüstet wie ihr würdiges Haupt, mein sehr werter Freund Dr. Hane.

»Es ist eine entsetzliche Zeit, eine Zeit der Trübsal und des Zornes«, seufzte die hohe Geistlichkeit, das Haupt melancholisch schüttelnd. »O über die Ruchlosigkeit der Menschen, das Heiligste ist vor ihren räuberischen Händen nicht mehr sicher: – wie lange wird's noch dauern, so werden sie sogar –«

»Den Kirchenzehnten angreifen!«, sprach ich, J. W. Eyring, mit Wehmut, und der geistliche Herr forschte auf meinem Gesichte nach dem von ihm daselbst vermuteten ironischen Schimmern; jedoch vergeblich. Mit der Ruhe und dem Ernst des Grabes hielt ich den brennenden Fidibus auf den Kopf der Pfeife und sprach im Innersten meiner Seele:

> »Aera sacerdotes a nobis saepe requirunt,
> Et tantum reddunt aeris ob aera sonum.«

Ehrn Jobst Klafautius liebte mich nicht und verleumdete mich bei meinen bützowischen Mitbürgern als einen Voltairianer, ein Gefäß der Ungnade und einen heterodoxen Spötter. Wir waren schon anno achtundsiebzig, als in Braunschweig die »notgedrungenen Beträge zu den freiwilligen Beiträgen des Herrn Past. Goeze« im Druck ausgingen, aneinander geraten.

Man vertrank die große Aufregung des Abends. Man trank mehr als gewöhnlich und sprach natürlich mehr und im höhern Ton als gewöhnlich. Ein jeglicher hatte seine Anklagen und Beschwerden der satanischen, Tempel und Altar schändenden Zeit in das hohnlachende Angesicht zu werfen, und nur der Magister Albus saß stumm so nahe als möglich am Ofen, wärmte sich und hütete sich, seine dürre Freund-Hain-Gestalt in das Licht und unter die Augen unserer Wohlbehaglichkeiten zu schieben.

Alles in allem genommen gehörte der Magister Albus so wenig in die Herrenstube des Erbherzoges zu Bützow wie der Doktor juris Wübbke, den man soeben hinausgeworfen hatte.

Im brennenden Praga, jenseits der Weichsel, auf dem polnischen Leichenhaufen saß Peter Alexei Wassilowitsch, Graf von Suwarow-Rimnitzkoi, und schrieb seinen Bericht über den glorreichen Tag: »Hurra, Praga, Suwarow!« – im Erbherzog zu Bützow an der Warnow erhob sich der Kämmereiberechner Bröcker und redete über die

Gänse von Bützow.

Nimmer sah Rom eine verhängnisvollere Stunde! Nimmer gerieten teutsche Köpfe und Herzen durch ein Wort in schlimmere Gärung und Hitze! Niemals hatte der Kämmereiberechner Bröcker einen günstigern Moment zu seiner Rede auswählen können!

Von dem Geschrei des rebellischen Volkes auf der Hausflur vor der Tür der Herrenstube im Erbherzog kam er auf das Geschrei der Gänse in den Gassen. Von alten, hochweisen Senats-Edikten gegen diesen abscheulichen Lärm, dieses Gackeln, Gackern, Zischen sprach er, und lauter Beifallsruf, leises Beifallsgemurmel würdigster Männer belohnte ihn, als er in bündigster Weise den Zusammenhang der Holzfrage mit der Gänsefrage dartat, dem Doktor Wübbke auch in *dieser* Hinsicht seine naseweise, vorlaute, gigackende Stellung anwies, Serenissimi landesväterlich wachsames Auge auf die Sachlage herniederzog und den Stall, den mauerumschlossenen Hofraum in die engste natur-, zivil- und kanonisch-rechtliche Verbindung sowohl mit dem Geschlecht Anser als auch mit dem rechtschaffenen, biedermännischen, patriotischen teutschen Bürgertum brachte.

Es war von der Gastpatronin der große Punschnapf auf den Tisch (ξενια τραπεζα) gesetzt und vom Fürsten der Männer, dem göttergleichen Dirigens Dr. Hane, wacker in die Gläser des Kreises ausgelöffelt worden. Wir waren ein Vorwurf für Hogarths Grabstichel und schworen, weder des Volkes noch der Gänse jakobinischen Unfug länger zu dulden; wir reichten uns die biedern Hände über der bunt bemalten, episkopalisch-chinesischen Schale, und der Kämmereiberechner weinte Tränen der Rührung über die ungeahnete Wirkung seiner Suada.

»Sie fressen außerdem das Stroh ab, womit man augenblicklich wieder des Frostes halben unseres hochlöblichen Gemeinwesens Pumpen und Wasserkünste verwahret hat!«, schluchzte er, an meine Schulter gelehnt, und als in diesem Augenblick Grävedünkel, der Viertelsmann, in unsern Kreis trat, uns die Bürgerstunde zu entbieten, sprach der Bürgermeister:

»Grävedünkel, Er erscheine morgen früh um zehn Uhr bei mir; anjetzo aber kann Er mich nach Haus bringen!«

Und Grävedünkel, welcher seinen heroischen Vorgesetzten auch nach der Punsch- und Polizeistunde verstand, erwiderte im heisern Bass:

»Zu Befehl, Herr Bürgermeister hochedel geboren.«

Mit nicht ganz sicheren Stimmen sangen wir noch jenen Vers unseres Bundesliedes:

>»Wer nach verbotnen Schätzen strebt,
> Hat nie ein rein Gewissen;
> Es foltert ihn, so lang er lebt,
> Mit bösen Schlangenbissen.
> Ein Irrlicht führt mit falschem Schein
> Ihn in des Unglücks Gruft hinein.
>   *Wir* wollen weise sein!«

Wir waren weise, und ich führte den Magister Albus, der wenig Punsch vertragen konnte, sintemalen er wenig dran gewöhnt war, nach Hause, da ihm kein Grävedünkel zu Gebote war und die Kollegialität es erforderte, die Würde des Standes zu wahren. Auch er, der Kollaborator, war gerührt, beklagte seine jammervolle, hungrige, durstige Lage, nannte mich »Euere Magnifizenz«, sprach davon, Kriegsdienste am Rhein zu nehmen, und fing auf dem Marktplatz vor dem Hause der Mamsell Hornborstel an, laut zu weinen und zu schluchzen, lauter als der Kämmereiberechner nach seiner Rede.

Er schwärmte, wie von der Genieseuche angesteckt, er deklamierte, als sich in der Höhe ein Fenster öffnete und ein Wassertopf ausgegossen wurde:

>»Laura, du blickst nach den funkelnden Sternen voll Sehnsucht:
> Ach, wär ich
>   Doch der Olymp und säh mit so viel Augen dich an!«

»Magister – Kollaborator – Albus?!«, rief ich, ihn mit meinen zwei Augen ansehend; er aber antwortete, mich mit den Armen umschlingend:

»Blumen auf dem Altar der Grazien von Schatz, Leipzig in der Dykischen Buchhandlung. O Sacharissa!«

»Magister, Magister! Stehe Er fest! Nehme Er sich zusammen. Was würden Seine Scholaren zu solchem Gebaren sagen?«

Einen Kuss drückte mir der Kollaborator auf den Mund und stammelte:

»Trunken sind wir,
Beide trunken,
Ich von Janthes
Holden Blicken,
Du von meinen
Freudentränen.

Hamann! Johann Hamann! Euere Magnifizenz, Munifizenz – o Sacharissa!«

»Wer ist denn diese Sacharissa, Magister?«, fragte ich, weniger entrüstet, als den Umständen eigentlich konform war, und Albus deutete geheimnisvoll winkend nach dem Fenster in die Höhe; ich aber sprach:

»Die Mamsell Hornborstel?! Nun bei allen Liebesgöttern, gratulor! gratulor! Da wünsche ich Ihm Glück von Herzen und den allerbesten Erfolg; jetzt aber komme Er nach Haus, um auszuschlafen –«

»Ich würde dieses Tal um keinen Thron verlassen,
Doch um ein Küsschen von Lanassen
Verließ' ich's gleich!«

wimmerte der Magister und fügte noch einmal hinzu:

»O Sacharissa!«

Es gelang mir, ihn in sein Bett zu bringen.

Drittes Kapitel

Auctor am Fenster; Weiber, Gänse und Senat von Bützow in der Gasse.

Es ist nicht gleichgültig, auf was der Weise sieht, wenn er an das Fenster seines Studierzimmers tritt, und fraglich wär's, ob die Kritik der reinen Vernunft ohne jenen weltberühmten Turmknopf zu Königsberg das Licht der Welt erblickt haben würde. Auf was der Herr Geheimrat von

Goethe, der Herr Hofrat Schiller, der Herr Generalsuperintendent und Oberkonsistorialrat Herder in Weimar, der Herr Hofrat Wieland in Osmannstädt von ihren Musen- und Philosophenstuben aus blicken, weiß ich nicht: Ich sehe in den Augenblicken, wo Sankt Johannes der Evangelist auf Patmos mit seinem Rebhuhn spielte, auf den Brunnen meinem Fenster gegenüber. Ich sah auch darauf am fünften November des Jahres siebzehnhundertvierundneunzig, um die elfte Stunde des Morgens, nachdem zwanzig Minuten vorher die »Herren« vom Rathause gekommen waren.

Um diese Zeit stunden an dem rinnenden Quell Johanna, die Magd meines eigenen Hauses, Magdalena, die Haushälterin des dirigierenden Bürgermeisters Dr. Hane, Christiane, die Magd des Herrn Kämmereirechner Bröcker, Regina, die Magd der Mamsell Hornborstel, welche der Magister Albus Sacharissa nannte, und einige andere des klaren und flüssigen Elementes bedürftige Weibsbilder aus dem Frauen- und Jungfrauenstande. Mit geflügelter Zunge verhandelten sie die Ereignisse der Stadt Bützow, historias urbis et orbis, und um sie her gackelte und kackelte das geflügelte Vieh der Gänse von Bützow harmlos, sorglos, ahnungslos.

Frieden und Ruhe lagerten über dem Brunnen, wie der gelbe Nebel über Bützow, und mit Werthers bleichem Schemen versenkte ich mich in »das harmloseste Geschäft und das nötigste, das ehemals die Töchter der Könige selbst verrichteten«. Gleich wie in Werther lebte auch in mir die patriarchalische Idee, »wie sie alle, die Altväter, am Brunnen Bekanntschaft machen und freien, und wie um die Brunnen und Quellen wohltätige Geister schweben«.

»O, der muss nie nach einer schweren Sommertagswanderung sich an des Brunnens Kühle gelabt haben, der das nicht mitempfinden kann!«, rief ich mit dem Doktor Goethe und schob frisches Holz in den Ofen. Als ich von dieser Verrichtung an das Fenster zurückkehrte, hatte sich die Szene verändert. Das gellende, taktmäßige Gebimmel der Ausruferglocke traf mein Ohr; in der Mitte der Gasse stand, die Wichtigkeit seiner Stellung wohl kennend, Grävedünkel der Viertelsmann, entfaltete einen großen Bogen beschriebenen Papieres, und Gänse und Frauenzimmer versammelten sich im Kreise um ihn her, und die Passanten blieben stehen, lauschend, was ein hochedler Magistrat seiner guten und getreuen Bürgerschaft zu entbieten habe.

Und Grävedünkel der Präkone räusperte sich und verkündete:

»Wasmaßen der Gänse Geschrei und ärgerlicher Unfug, Gackeln, Zischen, Strohabfressen von Pumpen und Brunnen von Tag zu Tag überhandnehmen und insuppportabel zu werden den Anschein bei allen wohlmeinenden und ruhigen Bürgern und Insassen dieses Weichbildes zu Bützow gewinnen, hat ein wohllöblicher Magistrat unter heutigem Dato beschlossen und publizieret anhierdurch, wie folgt:

»Pro primo, es soll niemandem, es sei Mann oder Weib, hinfüro vergönnet sein, seine Gans zum öffentlichen Schaden und Ärgernis frei nach ihrem tierischen Willen laufen zu lassen in den Straßen, Kehrwiedern, auf den Plätzen und Gängen, es sei denn, der Gänsehirt oder Junge führe und leite sie, wie es mit seiner Pflicht zu verantworten steht.

»Pro secundo, es soll jedermann, es sei Mann oder Weib, vergönnet, gestattet und zugelassen werden, wie es von alters her Gebrauch ist, nach seinem oder ihrem Gebrauch, Nutzen, Umständen und Willen Gänse zu halten, Eier legen zu lassen, auszubrüten, zu schlachten und rupfen, in Ställen oder umschlossenen, wohlverwahrten Hofräumen, und niemand soll ihn oder sie hiebei in seinem oder ihrem guten Recht kränken, stören, hindern und vergewaltigen.

»Pro tertio, es soll einem jeglichen, es sei Mann oder Weib, freistehen, seine oder ihre Gänse den Tag über einmal zum freien Wasser zu treiben und treiben zu lassen, und soll ihn oder sie auch hiebei niemand kränken und hindern.

»Pro quarto, es soll hiemit eine städtische Polizei angewiesen sein, ein scharfes Auge zu haben auf jeden übelwollenden, ungehorsamen, nachlässigen Übertreter, es sei Mann oder Weib und wird unserm Stadtknecht, Ausrufer und Viertelsmann Grävedünkel aufgetragen, jegliche ohne Aufsicht und Führung umherlaufende Gans ohne Ansehn der Person aufzugreifen, sei es mit Gewalt oder List, sie in den Pfandstall zu treiben und zu inhaftieren bis auf weitere Verfügung und rechtlichen Spruch.

»Also beschlossen und publizieret, – Bützow, am Donnerstag, den fünften November siebzehnhundertvierundneunzig.

Dr. Hane, pro tempore
Bürgermeister.«

Viel und vielerlei habe ich, J. W. Eyring, emeritierter Schulrektor zu Bützow an der Warnow, in einem langen Leben in Erfahrung gebracht, aber nichts, welches sich mit dem vergleichen ließe, was vorging, nachdem Grävedünkel sein Dokument zusammenfaltete und sich wenden wollte, um es an einer andern Straßenecke dem Volke vorzuschnarren.

Besäße ich jene Feder, welche die mit dem Demokrit lachenden Abderitinnen schilderte, wäre Heinrich Füßlis Pinsel mein, welcher das Gespenst des Dion und den Herkules im Kampfe mit des Diomedes menschenfressenden Rossen erschuf: ich würde es versuchen, den Physiognomien und Gebärden unter meinem Fenster gerecht zu werden. Da ich aber nur den Kiel aus dem Flügel einer bützowschen Gans führe, so bescheide ich mich und sage nur, dass die Wirkung dieses Magistratserlasses eine erschröckliche war.

Keiner der versammelten Väter der Stadt schien, ehe er seine Stimme zu diesem Beschluss gab, mit seiner Frau, Haushälterin oder Magd die Sache beredet und beraten zu haben. Keiner der erleuchteten Senatoren hatte daran gedacht, in welcher Weise er sich seinem Hauswesen und dem Martinsbraten gegenüber justifizieren werde; – Wübbke, der Maratist, mochte sich die Hände reiben; – Wübbke, l'ami du peuple, triumphierte hinter jeglicher Bettgardine eines hochweisen Magistrates zu Bützow.

Weiber und Gänse erhoben sich, wie nur Weiber und Gänse sich erheben können. Nimmer konnten jemals die weimarischen Hof- und Geheimräte, die Königsberger Professoren, die Sterngucker zu Greenwich, die Umwohner des Vesuvs, Ätnas und Heklas von ihren Fenstern aus etwas Ähnliches gesehen haben.

Auf die Stille erfolgte ein Sturm; Weiber und Gänse schlugen mit den Armen und Flügeln, als ob zehntausend Troerinnen die Vermählung der Helena mit dem Prinzen Paris feierten. Selbst Grävedünkels Ruhe und Stoizismus, bewährt in hundert Schlachten der Maurer und Zimmerleute, im Buhurt und Tjost, dem Kampf der Scharen und dem Einzelkampf, wich diesen Vociferationen und Quiritationen. Tumultus, clamor, lamentum, querela, planctus, garritus, cachinnus, risus solutus, fremor, strepitus, crepitus, vagitus stürmten über Bützow, und er – Grävedünkel – stand, und seine Gebeine erzitterten, und es erbleichte der Karfunkel seiner Nase. Selbst der Dirigens, der den Doktor Wübbke aus dem Erbherzog dirigierte und mit göttlicher Hand, Macht und Kraft den klugen Führer des wilden Haufens niederschmetterte, nachdem er ihn gen Himmel geworfen hatte, würde hier das Hasenpanier aufgeworfen haben: Grävedünkel blickte umher und – nahm Reißaus, und das Gelächter der Nachwelt, risus posteritatis, heftete sich an seine Posteriora.

Auf dem Felde aber, welches *dieser* Feind der öffentlichen Ruhe so schmachvoll verlassen hatte, fuhren den nordischen Totenwählerinnen, den Valkyrien, gleich die Mägde von Bützow umher, bis sie urplötzlich auseinanderstoben, hierhin und dahin, eine jegliche zu ihrer Hausfrau; und Küche und Speisekammer, Schlafstube und Visitenstube hallten wider von dem Unerhörten. Als die Herren vom Rathause heimkehrten, fanden sie die Suppe, welche sie sich eingerührt hatten, heiß, dampfend, gesalzen und gepfeffert auf dem Tische.

So ward Zeus' Wille vollendet.

Viertes Kapitel

Handelt kurz und bündig von der Mamsell Hornborstel, welche dasselbe tut.

Mamsell Hornborstel, die von dem Magister Albus Lanasse, Sacharissa, Janthe, vom Kirchenbuche Julia Theresa Adolfine, von ihren Freundinnen und Freunden Julchen oder Jule und von ihren Feindinnen und Feinden eine heimtückische, geizige alte Katze genannt wurde, war eine Jungfrau und die einzige Erbin des weiland Syndici Hornborstel, eines begüterten Mannes, auf dessen Grabsteine viel schöne und löbliche Eigenschaften und Tugenden in güldener Schrift aufgezeichnet zu lesen sind. Sie war über fünfunddreißig Jahre alt, erfreute sich eines kräftigen, sehnigten, wenn auch nicht runden Körpers, schwarzer, recht heller Augensterne, die Hohn, Tod und Verderben schon in manches Gegners Angesicht gesprüht hatten. Die verschiedenartigsten Gerüchte liefen über den letzten Grund ihres ehelosen, jungfräulichen Wandels in der Stadt um. Einige behaupteten, sie habe sich bei einer Durchreise Seiner Majestät des Königs Friedrich Wilhelm des Zweiten und Dicken von Preußen durch Bützow in diesen erlauchten Monarchen verliebt, habe aber nicht vermocht, ihr kleines Lämpchen der glänzenden Sonne der Gräfin Lichtenau und dem Einfluss des Geheimen Kämmerers Rietz und der Madame Rietz gegenüber zur Geltung zu bringen, und habe deshalb im heiligen Schmerz ihr Kränzlein so hoch aus dem Griffe der übrigen Menschheit gehängt. Wieder einige wollten behaupten, sie sei von natura so sauer und griesgrämig, dass niemand es gewagt habe, nach diesem eben bemeldeten Kränzlein die Hand auszustrecken; die dieses aber sagten, waren zu den Verleumdern zu zählen und teilweise zu den Füchsen, welchen auch die Trauben zuweilen sauer scheinen. Ein dritter Teil der Wissenden, und ich muss hinzusetzen, nicht der geringste, hielt dafür, dass Jule Hornborstel das vestalische Feuer des Dr. Hane, gegenwärtig regierenden Bürgermeisters zu Bützow, wegen schüre und dass dieser, mein sehr würdiger und werter Freund, vor Jahren ein ziemlich zärtliches Verhältnis mit der Mamsell allzu großer Charakterähnlichkeit halben plötzlich und schnöde abgebrochen habe.

Dem sei nun, wie ihm wolle, Klio, die Muse der Geschichte, deutet auf das Haus der Mamsell Hornborstel, und der Historiograf der bützowschen Schreckenszeit hat dem feierlichen Winke der ernsten Göttin unverzüglich Folge zu leisten.

Nicht die Tochter eines patriarchalischen Königs der Vorzeit, sondern des Sattlers Scherpelz war Regina, die Wasser schöpfende Magd, welche die Nachricht von dem Edikt der Konsuln und des Senates der Mamsell Julia heimbrachte. In niedersächsischer Zunge, vermischt mit Interjektionen aller Art, erstattete sie ihren Bericht und schloss mit der Frage:

»Un dat sall wi ösch gefallen laaten?«

»Niemalen!«, sagte die Mamsell Hornborstel und stand groß da, wie die siebente Szene des zweiten Aktes in Herrn Schillers Tragödie Louise Millerin oder Kabale und Liebe; ich aber schreibe diese und die folgenden Szenen nach, wie sie mir der Magister Albus schilderte, welchem sie die Mamsell Hornborstel selber beschrieb.

»Den andern werden es ihre Weiber sagen, aber dem – dem Herrn Bürgermeister werde ich meine Meinung verkündigen. Rufe mir den Doktor Wübbke, Regine!« sprach Sacharissa.

Die Tochter Scherpelzens besah ihre Herrin mehrere Augenblicke lang mit Staunen und Wundern; sodann schien sie die Meinung derselben zu begreifen und stürzte fort durch die Gassen von Bützow, den Advokaten herzuschaffen. Nach einer halben Stunde trippelte und hinkte er bereits durch die Gassen von Bützow neben der schnell hineilenden virgo und virago her zum Hause der Mamsell Hornborstel.

Er hinkte und trug ein schwarzes Pflaster am Schädel; noch immer trug seine Perücke die Spuren des Griffes der patrizischen Hand, sein schwarzes Röcklein die Spuren der Hausflur im Erbherzog. Grimm und Hass durchtobten seinen Busen. Geschlafen hatte er nicht, Gift war seine Nahrung gewesen, und Gift war er bereit von sich zu geben.

So trat er vor die Mamsell; was sie aber mit ihm verhandelte, das hat damals kein lebendiges Wesen außer ihnen in Erfahrung gebracht; selbst Albus wusste nichts darüber zu sagen, und Regina, die schön gegürtete Jungfrau, die versuchte, an der Türe zu horchen, wurde von ihrer Herrin in flagranti ertappt und mit einer klatschenden Ohrfeige heulend die

Treppe hinunter und in die Küche gesendet. Nur aus dem auf diese Unterredung folgenden Auftreten des wilden, umstürzlerischen Volksverführers Wübbke konnte der Geschichtsschreiber seine Schlüsse ziehen, zog aber einen falschen.

Es grollte unter der Erde, es roch nach Schwefel; mit zusammengekniffenen Lippen und ihrem Strickstrumpf setzte sich die Mamsell Hornborstel ans Fenster, und der Advokat Dr. Wübbke verließ mit dämonischem Grinsen ihr Haus. Zwo große, beleidigte Seelen hatten ihren Hass zusammengeworfen, und der Advokat Dr. Wübbke trug das Haupt hoch, lächelte schmelzend und erschien in der nächsten Zeit in einem neuen Anzug und wohlversehen mit den Mitteln, welche allein den Krieg zu Wasser und zu Lande führen können: unde habeat, quaerit nemo, sufficit habere.

Fünftes Kapitel

Summum ius, summa iniuria: Wer für das Recht sorgt, hat für die Injurien nicht zu sorgen.

Nicht ein milesisches Märchen erzähle ich; einer strengen Muse folge ich Schritt für Schritt auf dem Fuße, und sie führt mich wieder in das Klubzimmer des Gasthofes zum Erbherzog am Abend des dritten Tages nach der Austreibung der sieben Teufel, welche die würdige und respektable Versammlung in der ärgerlichen Person des kleinen und hagern Advokaten, des Doktor Wübbke, besessen hatten.

Banges Haingeflüster – Windsgeseufz im Heidekraut – Grabmaltrümmer – Eulenflug – Unken- und Rohrdommelruf im Röhricht – giftiger Dampf aus unabsehbarem Moore – schlummerndes Gebein – Matthisson! Wahrlich, die Mamsell Hornborstel hatte recht:»Den andern hatten es ihre Weiber gesagt«, und die Einzigen, welche noch heiteren Auges in dem sonst so geselligen Kreise umherzublicken vermochten, waren die Junggesellen, die Hagestolzen und die Witwer.

»Horch, Washington donnert: Der Erdball erzittert,
Messina versinkt, wenn Elliot wittert.
Kartaunen verscheuchen mein leiseres Lied,
Das bebend den eisernen Hallen entflieht«;

wahrlich, das grobe Geschütz der weiblichen Bützower Artillerie hatte seit der Grävedünkelschen Gassenrede nicht geschwiegen; zum Schweigen aber war das männliche Feuer gebracht, und des Aristophanes Lysistrate, kurzweiligen Angedenkens, würde ihre Freude an der Tapferkeit und Ausdauer ihrer Schwestern vom blumigen Ufer der Warnow gehabt haben.

Da saß die hochehrwürdige Geistlichkeit gesenkten Hauptes und bereute es tief, in das Anathema gegen die Gänse eingestimmt zu haben: Sie hatte weder an die Zehntgänse noch an die Gattin gedacht.

Da saß der Kämmereiberechner Bröcker, der Mann des Zornes, der Urheber des Jammers, vollständig nüchtern, ein Bild des Elends; hohläugig lehnte er die bleichgehärmte Wange, wenn auch nicht an den Aschenkrug, so doch auf die zitternde Hand, und bei niemandem in der Runde fand er den Trost der bangen Schwermut; nur finstere und vorwurfsvolle Blicke wurden ihm zuteil, und er hatte es nicht sich selber zu verdanken, dass er nicht herausgeworfen wurde aus dem Erbherzog wie der Doktor Wübbke.

Da saß der Kaufmann, der Arzt, der Steuereinnehmer, und hinter jedem saß die schwarze Sorge.

Auf die Stimmung *dieses* Abends passte nicht ein einziger Vers unseres kosmopolitisch-humanen Bundesliedes. Ach, der Bierkrug war nicht der Lethestrom, aus welchem man Vergessen, süße Bewusstlosigkeit trinken konnte.

>»Horch – wie Murmeln des empörten Meeres,
    Wie durch hohler Felsen Becken weint ein Bach,
  Stöhnt dort dumpfigtief ein schweres, leeres,
    Qualerpresstes Ach!«

Es war dieses Mal nicht der Hofrat Schiller, sondern der Pastor Primarius Klafautius, der dieses Ach aus der Tiefe seines umfangreichen Busens hervorholte und uns eine kleine Predigt oder Rede hielt.

»Christliche Brüd –, meine lieben Herren, wollte ich sagen; da sitzen wir wieder in freundschaftlicher Gemeinschaft, uns nach des Tages Arbeit, nach niedergelegter Bürde des Amtes in bescheidener teutscher Weise von jeglicher Anstrengung zu erholen und dem abgespannten Geiste die nötige Ruhe zu gönnen. Meine Seele erfreuet sich darob. – Ihr Wohlsein, Herr Bürgermeister! – Niemand ist hoffentlich unter uns, der nicht dem andern mit herzlichem Wohlwollen entgegenkommt. Andächtige Gemeinde, wollte ich sagen, meine hochgeehrtesten Herren und Mitbürger, wer ist unter uns, der dem Nachbar, dem Freund, dem Kollegen, dem Bruder das kleinste Böse gönnen würde? Niemand! Kann ich mit dankerfülltem Herzen ausrufen. – Niemand! Niemand! Meine Herren und guten Patrioten, wir stehen fest zusammen in diesen wilden, gottlosen, pflichtvergessenen Zeiten, – wir haben es bewiesen, als wir jenen Unglücklichen, jenen Verführten und Verführer, den Herrn Doktor Wübbke, mit blutendem Herzen und weinendem Auge aus unserer Mitte stießen, als wir unsere Pflicht taten wie Abraham, da er hinging, seinen Sohn Isaak auf dem Berge Morija zu opfern. Meine hochverehrtesten Herren, sollten wir uns in unserer christlichen Opferwilligkeit nicht überhoben haben? Sollten wir nicht in jener Stunde der Selbstüberwindung die Grenze, so zwischen dem Recht und Unrecht gezogen ist, überschritten haben, indem wir den Worten unseres vortrefflichen Herrn Kämmereiberechners im Taumel der Leidenschaft und Aufregung ein vielleicht zu williges Gehör gaben? Meine Brüd – Herren, ich stehe nicht an auszusprechen, dass sich nicht ganz grundlose Einwendungen gegen unsere Äußerungen in Betreff jener Hausvögel, welche wir Gänse nennen, erhoben haben. Ich habe Stimmen vernommen – Stimmen, welche – ich kann nicht umhin, es zu sagen – mit Bitterkeit jenen vielleicht ein wenig allzu hastig gefassten Beschluss unseres wohllöblichen Magistrates – dessen weisen und wohlbedachten Anordnungen ich mich übrigens nach Gottes Gebot in jeder Weise unterwerfe – gerügt haben. Es ist nicht zu leugnen, dass wir allen Feinden der Ruhe und Ordnung, allen unpatriotischen Verächtern echt teutschen und mecklenburgischen Biedersinnes eine starke und scharfe Waffe in die Hand gegeben haben. O meine Herren, meine lieben Herren, sollte es wohl eines Christen und christlichen Bürgers unwürdig sein, einen als falsch erkannten Schritt demütig und zum allgemeinen Besten zurückzutun? Könnte man nicht in einer zweiten Sitzung hochlöblichen Magistrates jenes Edikt, welches jener Spezies der Wasservögel, Gans genannt, den freien Aufenthalt in den Gassen von Bützow verbietet –«

»Revozieren?!«, fragte die donnernde Stimme des regierenden Bürgermeisters. »Nimmermehr, solange ich auf dem Amtsstuhle sitze! Revozieren, sich selber ins Gesicht schlagen, nur weil die Menschheit erbarmungswürdig unter dem Pantoffel des Weibsvolkes steht und dieses wieder für das Gänsevolk? Den Umstürzlern Tür und Tor freiwillig öffnen!? Da komme mir einer!«

Ein Faustschlag krachte auf den Tisch hernieder wie Zeus' Blitz aus dem Olymp.

»Herr Pastore«, schrie der Dirigens, »Herr Pastore, ich bin Gott sei Dank kein verheirateter Mann und rekommandiere mich Seiner venerablen Ehehälfte zu allen nur möglichen Diensten; aber hier ist der Riegel nun einmal vorgeschoben, und meine Haushälterin weiß ich in dem nötigen Respekt zu erhalten. Meine Gänse halte ich, wie das Gesetz es befiehlt, von vorgestern an im Stall inkarzeriert und verhoffe, dass ein jeder gute bützowsche Bürger in dieser Hinsicht auch seine nichtsnutzige Schuldigkeit tut. Revozieren!? Bröcker, Kollega, Er ist mein Mann; was sagt Er zu diesem Vorschlag seiner Ehrwürden?«

Der Kämmereiberechner wäre bei dieser abrupten Frage fast unter den Tisch gerutscht. Sein schmales tschippewäisches Haupt verkroch sich so tief als möglich in dem hohen Rockkragen.

»Herr Kollega – Herr Bürgermeister«, stammelte er, »ich – ich – die Gans – ist ein Schwimmvogel – ich habe – Aufregung des Momentes – Doktor Wübbke – Exaltation und Punsch – sie, die Gans, ist – ein Vogel, welcher doch zu seiner Ausbildung – Fettmachung – eines weitern Spielraumes – nach der Naturgeschichte – und näherer Einsichtsnahme der Verhältnisse – zu bedürfen – berechtigt – sein dürfte.«

»Ich lasse Seiner Frau Eheliebsten mein Kompliment machen, Kollega«, grunzte der Konsul. »Er ist ein qualifizierter Hase, Bröcker; aber revozieret wird nicht, und ich rate Ihm vor allen, dass sich Seine Schwimm- und Wasservögel nicht ohne Begleitung vor meinen und Grävedünkels Augen sehen lassen.«

»Bravo, Herr Bürgermeister!«, rief ich. »So habe ich mir immer jenen römischen Senator gedacht, der den ihn am Bart zupfenden Gallier zu Boden schlug. Plus de galanterie! Wie Männer, wie Halbgötter wollen wir Unbeweibten vor dem Heiligtum der Gesetze wachen. Fiat justitia, pereat thalamus lectusque conjugalis! Was sagt Er dazu, Kollega Albus?«

Der Magister fuhr aus der tiefsten Geistesabwesenheit empor, in welche ein Schulmann möglicherweise verfallen kann. Seine Seele war nicht bei unserm Gespräch, und es wäre eine Impolitesse gewesen, sie in die niedern Regionen desselben mit zu großer Hartnäckigkeit herabzurufen. Ich ließ sie höflicherweise in ihrer platonischen Konjunktion mit Sacharissa, Lanasse und Janthe; – dem armen, hungrigen magisterlichen Leibe war selbst diese magere Seelenspeise zu gönnen; und es wäre nicht nur eine Impolitesse gewesen, sondern peccatum in spiritum sanctum, eine Sünde gegen den Heiligen Geist, nämlich der Sentimentalität und der Wertherschen gelben Hosen, das luftige Pläsier mutwillig zu zerstören.

An diesem Abend erschien die große chinesische Punschbowle der Gastpatronin nicht auf unserm Tisch; wir hatten nicht Ursache, Viktoria zu schießen, wie nach der Expulsion des Demagogen. Wohl hatten wir wie in der Holzangelegenheit unsern Willen durchgesetzt und das Feld behalten; aber es war Grund vorhanden, das Jubilieren und Vivatrufen darüber noch ein wenig zu verschieben. Grävedünkel hatte an diesem Abend niemanden nach Hause zu geleiten, man brach lange vor der Bürgerstunde auf, und die Laren und Penaten mehr als *eines* wackern bützowschen Mannes runzelten die Stirn, zogen die Augenbrauen zusammen und zeigten die Rute. Aus mehr als einem Gänsestall, an welchem mich mein Weg vorüberführte, vernahm ich ein leises, verhaltenes Gegackel, welches eine große Ähnlichkeit mit einem schadenfrohen Gekicher hatte. Das geflügelte Völkchen schien selbst im Traume sich der Proklamation des hochweisen Magistrates zu freuen. Es begegneten mir der Doktor Wübbke und der Sattler Scherpelz Arm in Arm; – auch der furchtbare Schneider, den Schmidt die Genossen nannten, schwankte wandelnd daher, den Busen voll göttlichen Trotzes. Wieder stieg weißlicher Nebel aus dem Söhring vor dem Rostocker Tor, doch ein bleichlicher Mond leuchtete mir auf meinem Wege, und gute, schützende Genien geleiteten mich sicher auf meinem Pfade und nach Hause. Ich kannte übrigens auch den Weg vom Erbherzog zu meiner Wohnung und wusste die Abgründe und schlüpfrigen Gebirge zu beiden Seiten und in der Mitte zu vermeiden; – es war kein geringes Kunststück. Es war überhaupt kein geringes Kunststück, ohne Gefährde durch die Anfechtungen der Stadt Bützow zu kommen und ein vergnügliches, helläugiges Alter zu erreichen, ohne an seiner Reputation und sonst manchem andern Dinge Schaden erlitten zu haben.

Sechstes Kapitel

Auctor verzehret mit dem Magister Albus seinen Martinsbraten. Madame Roland in Bützow.

Wenn es aller Erdgeborenen Last und Vergnügen ist, von Minute zu Minute, von Stunde zu Stunde, von Tag zu Tag langsam weiter zu kriechen bis zu jeder glücklichen oder unglücklichen Katastrophe, bis zu jenem Augenblick, wo Kriechen und Hüpfen, Tanzen und Hinken, jedes annehmliche oder unangenehme Mouvement zu Ende ist: So kann es doch nicht der Beruf dessen, der den Mantel Klios gefasst hält, sein, in gleicher Weise sich weiter zu bewegen. Sprungweise reißt der Hippogryph den Historiografen wie den Poeten mit sich fort: dürres, quellen-, baum- und fruchtloses Land hasst das geflügelte Reittier, und der geschmackvolle Leser, die empfindsame Leserin sind ihm dankbar dafür; sie haben schon zu viel zu überschlagen, was mit ihrer augenblicklichen körperlichen oder geistigen Empfängnisfähigkeit nicht harmonieren will. Glücklich jener Schriftsteller, der allein für jenes süße Stündchen der Verdauung nach eingenommenem Mittagsmahl schreibt! Ihm allein blühen die angenehmsten Rosen der Popularität; ihm allein fallen jene hesperischen Früchte, welche der Drache des teutschen Buchhandels bewacht, von selber in den Schoß! Ihn erklärt das Volk für einen witzigen Kopf, und – hätte er Selbstgefühl, so würde dieses ihm nicht den niedrigsten Sitz auf dem Parnass unter den Schöngeistern des menschlichen Geschlechtes einräumen! –

Ich, J. W. Eyring, besitze leider Selbstgefühl, ohne für das Verdauungsviertelstündlein zu schreiben; was die Weltgeschichte auf ihren ewigen Tafeln eingräbt, schreibe ich ab: Den ganzen Monat November hindurch und den größten Teil des Dezembers bereitete sich das Städtchen Bützow mit echt teutscher Gründlichkeit auf die große, erschreckende Krisis, welche in seinem Schoße zum Ausbruch kommen sollte, vor.

Siehe, es umschritten die Erinnyen die stille Wohnung, das Haus der charmanten und plaisanten Jungfrau und Mamsell Hornborstel. Sie klopften auch und traten auch ein, sie wurden von Scherpelzens Regina in das Visitenzimmer geführt, saßen stramm und steif nieder auf dem Kanapee, tauchten Rostocker Gebäck in die angenehme bräunliche Flut aus dem Land Arabien und trugen grüne oder blaue, gelbe oder bunte, gestickte oder ungestickte Pompadours oder sonstige Strickbeutel am Arm. Mit höllischer Ausdauer und Geschicklichkeit machten sie Filet, scheußliches Netzwerk zum Fang der Verbrecher von Bützow und dem Universo; sie schüttelten ihre Schlangenhaare, die sie entweder matronenhaft mit drohend nickender Haube oder mädchenhaft mit künstlichen Blumen und bunten Bändern dem Auge lieblich zu machen strebten. Sie kamen, und sie gingen. Einzeln, zu zweien oder truppweise durchwandelten sie die Gassen der Stadt, und – Grävedünkel ging ihnen aus dem Wege!

Wohlweislich ging ihnen Grävedünkel aus dem Wege; es war Feindschaft zwischen den dunkelsten Gefühlen des gekränkten weiblichen Busens und ihm, dem Wächter und Torhüter am Pfandstall. Er, der erbarmungslose Liktor des regierenden Konsuls, hatte begonnen, das neue Gesetz zu verwirklichen; – unnachsichtlich packte er zu – Kopf, Flügel, Hals, Schwanz – einerlei – da half kein Gigack, kein Gezappel und Gezeter, kein Drohen und Geschimpf, kein Kindergeheul; – fort mit den Verbrecherinnen, den Übeltäterinnen, hinab in den Tartarus! Hinunter in den Abgrund! Es lebe das Recht, und die Welt gehe unter! An den Galgen mit den brummenden Jakobinern und dem Doktor Wübbke! Gack, gack, gack, gigack, – es gackelte bedenklich in dem Karzer an der Grävedünkelschen Amtswohnung; der Kämmereiberechner Bröcker magerte allmählich zu einem Schatten ab, und – die Erinnyen durchschritten mit ihren Pompadours die Gassen von Bützow!

Zum behaglichen Martinsfeste hatte ich mir *meinen eigenen* Martinsbraten aus dem Pfandstall vermittelst einer bedeutenden Summe klingender Landesmünze auszulösen, was natürlicherweise meinen Eifer, diese Historia würdig und gewissenhaft fortzusetzen, sehr erhöhte, mir jedoch gottlob den Appetit nicht verdarb.

Zu diesem Martinsbraten lud ich den werten Freund und Kollegen, den Magister Albus, ein, und er kam, ohne sich im kleinsten nötigen zu lassen. –

Der heilige Martin wurde ums Jahr 316 nach Chr. zu Stain in Niederungarn geboren; sein Vater war ein arger Heide und ein tribunus militum, der mit der Reitpeitsche wohl umzugehen wusste. Aus beiden Gründen entlief der Sohn dem Alten und wurde Bischof zu Tours, nachdem er vor dem Tor von Amiens den berühmten Schnitt in den Mantel getan hatte. Seit ihm einst bei einem Gastmahle der Kaiser Maximinus den Becher zuerst reichen ließ, ist er Schutzpatron der Trinker bei aller löblichen Christenheit; das ihm zugeschobene Werk: Professio fidei de trinitate ist ihm untergeschoben, denn er war ein jovialischer Herr und Heiliger, welcher sich so wenig als möglich sowohl mit profanen wie mit geistlichen Schreibereien abgab; an seinem Jubeltage aber, dem elften November, erhielten und erhalten die Herren Pastore vor und nach der Reformation ihre Zehntgänse, und das Volk briet und brät die ihm übrig gebliebenen.

»Der heilige Martin soll leben, Herr Kollega!«, sprach ich mit der dem guten Mahle angemessenen Würde, und –

»Das soll er, Herr Kollega!«, sprach der Magister Albus.

Wir hatten den größten Teil des wohlbeleibten und wohlbereiteten Vogels im Magen, durch das Fenster sah der November:

»Rote Blätter fallen,
Graue Nebel wallen,
Kühler weht der Wind«;

im Ofen aber prasselte das Deputatholz; wir tranken Rheinwein, da die englische Blockade uns die roten Franzosen – und in dieser Beziehung, leider! – von unsern Seehäfen absperrte. Wir sahen das Wetter und uns durch die Gläser an; die Stunde der allersüßesten Vertraulichkeit und Mitteilung war gekommen, –

»Und wie steht Er anjetzo mit der Mamsell Hornborstel, Herr Kollega?«, fragte ich.

Der Kollaborator setzte das Glas auf den Tisch, ohne es mit den Lippen berührt zu haben, und sagte ruhig:

»Nicht wahr, ich bin ein recht dürrer Magister, Herr Kollega?«

»Nun, nun«, sagte ich begütigend und blickte auf die kärglichen Reste der Gans, »ich habe dürrere gekannt.«

»Ich nicht!« entgegnete jener mit einer wahrhaften Grabesstimme und setzte hinzu: »Die Perücke trage ich auch nicht allein der Gravität und Amtsehrbarkeit wegen.«

»Es ist im Sommer wie im Winter eine recht angenehme und bequeme Tracht; die alten Ägypter trugen sie bereits, und zwar um des Klima willen.«

»Sie konnten höchstwahrscheinlich aber auch ihre Perückenmacher besser bezahlen«, seufzte der Magister. »Doch wir kamen von der Sache ab; kehren wir zu ihr, das heißt zur Mamsell Hornborstel zurück. Hochgeschätzter Herr Kollega, unser Kollega, der Konrektor Winckelmann, hat zu Seehausen in der Altmark nicht mehr Hunger ausgestanden, ehe er nach Rom ging und katholisch wurde, als ich, sowohl auf Universitäten als im Amte. Herr Kollega, die Mamsell Hornborstel ist mein Rom und um sie werde ich gleichfalls meinen Glauben mit Freuden vertauschen. Der auf so schmähliche Weise verewigte Konrektor Winckelmann war achtunddreißig Jahre alt, als er den Rubikon überschritt; ich bin ein Jahr älter. Ein Interesse für Ästhetik und klassische Schönheit habe ich nicht und gehe deshalb nicht nach Rom. Ich bin ein wenig trocken, und da es nicht meine Schuld, sondern meine Natur ist, so habe ich nicht Grund, mich dessen zu schämen. Wenn die Mamsell Hornborstel nicht klassische Schönheit besitzt, so besitzt sie doch jedenfalls Klassizität und würde mir für mein körperliches Wohlergehen von ebenso großem Nutzen sein als der Kardinal Albani dem armen Winckelmann. Ja, die Mamsell Hornborstel ist mein Italien, und ich gedenke hinzugelangen wie der Kollege Winckelmann.«

Ich, J. W. Eyring, der ich die Menschen ein wenig zu kennen glaube, ohne ein Anhänger Lavaters zu sein, ich fasste gerührt und bewegt die Hand meines jüngeren Amtsbruders.

Es war nicht der rheinische Wein, sondern die allgemeine Menschenliebe, welche aus mir sprach, als ich sagte:

»O, Herr Kollega, Herr Kollega, gedenke Er auch an Triest und den niederträchtigen Mörder Arcangeli, gedenke Er an den Schlingel, den Taugenichts Casanova, und was einem sonst noch auf der Reise und am Reiseziel zustoßen kann. O Albus, Albus, die Ehe, matrimonium, coniugium, connubium ist ein viel heimtückischeres, wenn auch manchmal ebenso anlockendes Land als jene schöne Halbinsel. Da gibt es außer Ungeziefer und Mördergruben aller Art auch Feuer speiende Berge aller Art; einige werfen Feuer aus, andere wieder nur Rauch und abermals andere Schlamm, was aber ebenfalls sehr widerwärtig und verdrießlich ist. Und – Magister – hat Er auch wohl an die Geschichte des Landes gedacht? Welche Eroberer und welche Sklaven! Hunnen und Vandalen, Longobarden und Franken, Araber, Franzosen, Hispanier, Teutsche, einzeln und durcheinander! Das hat oft arge Devastationen gegeben, und Kaiser und Päpste, einheimische und fremde Condottieri, Frundsberg und Bourbon, Ludovico Moro, Cäsar Borgia! Erinnere Er sich, das war ein toll Durcheinander. O Magister, hat Er auch wohl an seine preußische Majestät, die Gräfin Lichtenau und den geheimen Kämmerer Rietz, hat Er an unsern hochverehrungswürdigen dirigierenden Herrn Bürgermeister gedacht? Unsere guten Bützower und Bützowerinnen haben diesen Ruf ebenso arg und schlimm zertrampelt als die Barbaren den italischen Boden; – ich warne Ihn, Kollega, ich warne Ihn!«

»Herr Kollega«, sprach der Kollaborator mit Fassung, »ich lasse die Geschichte der Vorzeit auf sich beruhen, – da ist viel Sage und Mythus. An den geheimen Kämmerer Rietz glaube ich nicht!«

»Und der Herr Bürgermeister?«

Der Magister zuckte die Achseln und hielt mir das leere Glas hin.

»Herr Kollega«, sprach er, »es ist meiner bescheidentlichen Meinung nach nicht ausgemacht, wer bei jenem Histörchen mit dem längsten Gesichte und dem schlechtesten Gewissen abgezogen ist. Ich halte und schätze die Mamsell Hornborstel für eine höchst respektable und ingenieuse Person, welche ihrer Würde niemalen etwas vergeben haben kann und welche noch heute sich nicht das Mindeste bieten lässt.«

»Auch letzteres erfüllt mich mit Bangen und Sorgen für Sein Wohlergehen, Herr Kollega Albus. Sie lässt sich nichts bieten; aber sie verstehet es, den andern Leuten sehr viel zuzumuten.«

Der Magister hielt wiederum sein leeres Glas her, rückte mir dabei so nahe als möglich, sah über die Schulter nach der Tür und flüsterte sodann in mein Ohr:

»Herr Kollega, es *kann* keine Meinungsverschiedenheit zwischen ihr und mir bestehen; wir sind beide – Anhänger der – Konstitution vom Jahre siebenzehnhundertundneunzig; – wir sind politisch einig!«

»Herr Kollega«, flüsterte ich überrascht zurück, »da gratuliere ich Ihm von ganzem Herzen; aber –«

»Aber der Herr Kollega meinen, weil man im Erbherzog im letzten Winkel sitze und von all den Großmäulern und Dickköpfen überschrien werde und vernünftigerweise seinen Mund halte, so bringe man nur seine Zeit damit hin, die unnützen Buben das γιγγραινω, ich gackele, du gackelst, er gackelt, abwandeln zu lassen und zu Hause den Diogenes Laërtius zu emendieren? Fehlgeschossen, weit fehlgeschossen! Man hat seit des Aristoteles Zeiten das Recht, ein politisches Tier zu sein; es ist ein Menschenrecht, das man sich nicht nehmen lässt. Man lässt einem hohen Ober-Schul-Kollegio zu Schwerin allen seinen Willen; aber die Zeitungsblätter liest man auch, wenn auch erst aus dritter Hand, und seinen gesunden Menschenverstand konservieret man nach bestem Wissen und Kräften. Nein, nein, dumm machen lassen wir uns nicht mehr, und der vierte August des Jahres siebzehnhundertneunundachtzig war ein großer Tag; der Genius der Menschheit weiß es und die Mamsell Hornborstel – Sacharissa weiß es auch!«

Jetzt war mir mit einem Male vieles Dunkele aufgeklärt. Wahrlich, es war eine nicht wenig glorreiche Idee, den Kollaborator zum Martinsbraten einzuladen und ihn mit dem herzen- und zungenlösenden lydischen Trank vom Rheinstrom zu tränken. Hier war Bützow von einer neuen Seite: Die Parteien traten scharf voneinander, die Gironde schied sich vom Sumpfe, Madame Roland und Vergniaud, d. h. Mamsell Hornborstel und der Magister vom dirigierenden Bürgermeister Dr. Hane. Aber was hatte die Gironde mit der Montagne, die Mamsell Hornborstel mit dem Doktor Marat-Wübbke zu tun?

»Solche temporären Verbindungen zwischen diametral entgegengesetzten Ansichten und Lebensläufen sind gestattet, wenn es sich um die Erkämpfung oder Festhaltung der höchsten Menschengüter handelt!« sprach der Magister und ging in der Überzeugung von der Wahrheit seiner Expektoration auf. »Es gibt kein anderes Mittel, den Incivismus in hiesiger Stadt in Trümmer zu schlagen. Verlieren wir die Gänsefreiheit, so verlieren wir damit alles, was uns noch fähig machte, an der großen

Republik der Zukunft als edle und aufgeklärte Bürger und Bürgerinnen teilzunehmen. Wir haben noch gestern Nachmittag die Sache beim Kaffee durchgesprochen, und ich habe Sacharissa versichert, dass auch Madame Roland mit dem hochseligen Bürger Robespierre mehr als einmal zu einem guten Einverständnis zu kommen gesucht habe.«

»O Albus, Albus, was ist er für ein Patron!«, rief ich mit äußerster Verwunderung. »Ei, ei, ei, da sitzt er mir gegenüber als ein Lamm, so kein Wasser trüben kann, und ist doch der Wolf, welcher das Schütt aufzieht. Wer hätte das in Ihm gesucht, und bitt ich Ihn, was soll hochlöbliches Ober-Schul-Kollegium zu Schwerin zu solchen Dingen sagen? Das ist ja der reine Klub der Feuillants, Magister! Und der hat im Hause der Mamsell seinen Sitz? Und den hat Er mitgegründet? Und den besucht Er tagtäglich nach der Nachmittagsschule? Was wird hohes Ober-Konsistorium und Ministerium dazu sagen, wenn der Lauf der Zeit solche Ungeheuerlichkeiten zutage fördert?«

»Sacharissa und ich fürchten weder den Lauf der Zeit noch herzogliches Schulkollegium noch sonst ein Kollegium. Wir sind zwei antique Klassiker; wir sehen hinweg über die Kerker der Tyrannei und blicken nach dem ätherischen Gestirn der Freiheit, wir setzen uns auf den prophetischen Dreifuß zu Delphi und prophezeien, wir lauschen mit dem Ohr an der Wand der Zukunft; große Tage nahen sich mit großen Schritten dem morschen Reiche der Teutschen. Wir warten auf den Flug der Winfeld-Adler in den Lüften, und –«

»Die Luft erfüllt sich mit hehrem Flügelschlag und sie kommen, sie nahen mit kapitolinischem Triumphgeschrei und lassen sich nieder auf dem Forum von Bützow; sie kommen langhälsig weiß und grau und gefleckt, die Gänse von Bützow, und Grävedünkel, ein gefesselter Titane, sitzt selber in seinem Pfandstall und singt die Hymne vom Fest des höchsten Wesens her:

> Dieu bon, dieu bon, donne à la terre
> La paix, la liberté!«

»Es wird erhaben, es wird erhebend, es wird rührend sein, certum est; – übrigens aber, bester Kollega, denke ich, wir rauchen anitzt mit dem ehrlichen Pfarrer von Grünau eine Pfeife balsamischen Tobacks zu unserm Kaffee. Wir haben eine gute Mahlzeit getan, den Erretterinnen der römischen Burg sei Dank!«

»O Sacharissa!«, erseufzte mein politisch-amoroser Tischgenosse.

Siebentes Kapitel

Eine Lämmerwolke am blauen Himmelszelte.

Es glimmte das revolutionäre Feuer unter der Oberfläche der obotritischen Ebene. Immer giftiger und drohender wurde die Stimmung des Volkes von Bützow, und jegliche Gans, die an der zwingenden Hand Grävedünkels in den Pfandstall wanderte, erschien einer jeglichen freidenkenden Seele als eine Märtyrerin, und man sah ihr nach in den Gassen wie dem Herrn von Necker, als er infolge seiner ersten Verbannung Paris verließ und sich mit dem Taschentuch vor den Augen aus dem Wagenfenster lehnte und versprach wiederzukommen. Es wurden im Laufe der Monate November und Dezember noch verschiedene Male Versuche gemacht, den hochlöblichen und hochweisen Magistrat zur Zurücknahme seines Ediktes zu bewegen, und wenn sich, wie sich das ja von selbst verstand, der größte Teil der versammelten Väter nunmehr für die Revokation erklärte, so schlugen die Versuche doch allesamt fehl; denn der Dirigens erklärte und stemmte mit Hand und Fuß sich dagegen. Mit eiserner Festigkeit saß mein hochverehrter Freund, der Doktor Hane, auf seinem kurulischen Sessel, blitzte Verachtung herab wie der olympische Jupiter und erklärte von Neuem, dass, solange er das Steuerruder des Gemeinwesens in den Händen halte, eine solche Schwäche der obrigkeitlichen Gewalt dem aufgeregten Zeitgeist gegenüber nicht statuiert werden solle.

Ein Schauder des Entsetzens ging durch die Stadt, und der Flussgott erhob erschreckt seine infolge der Jahreszeit blau gefrorene Nase aus den Fluten der eisansetzenden Warnow, als man eines Morgens an der Tür des Bürgermeisters ein Blatt Papier mit folgenden Reimen angeschlagen fand:

»Der Adel und die Klerisei
Schrein über Pöbelraserei
Und Tollwut aller Demokraten,
Woher sie rührt, ist flugs erraten: –
Vom Bisse der Aristokraten!«

Der Regierende wollte seinen Augen nicht trauen, Ehrn Jobst Klafautius, der Pastor Primarius, entging nur mit genauer Not einem Anfall vom Schlagfluss, der elektrische Funke hüpfte von einem adligen Hofe der ländlichen Nachbarschaft zum andern, wurde sogar in Schwerin verspüret, und das schlimmste war, dass man den Doktor Wübbke in keiner Weise der Urheberschaft bezichtigen konnte!

Der Doktor Wübbke war nicht der Mann, welcher sich so leicht fassen ließ. Er tat klar dar, dass kein Mecklenburger einen solchen Reim gemacht habe und machen könne, und was das Abschreiben aus einem Musenalmanach und das Anschlagen an die Türe des Herrn Bürgermeisters betreffe, so halte er es unter seiner Würde als immatrikulierter Notarius, auf dahinbezügliche, freche, unverschämte und lügenhafte Insinuationen zu antworten, werde aber jedenfalls jedermann verklagen und bis in die höchste Instanz verfolgen, so ihn solchergestalt anzuschuldigen sich aufheben würde. Was gehe ihn, den Doktor Wübbke, der Pasquillant an? Fragte tief gekränkt der Würdige; – er, der Doktor Wübbke, sei ein ruhiger Bürger und gehe gelassen seines Weges; wenn er, Wübbke, sich in die Holzfrage gemischt habe, so sei das wahrhaftig nicht seiner selbst wegen geschehen, sondern nur der leidenden und unbeschützten, der lumpigen und frierenden Unschuld und Armut halben. Er, der Doktor Wübbke, gönne einer löblichen Bürgerschaft das Warmsitzen, denn auch er, Wübbke, gönne sich gern im Winter einen warmen Ofen. Was nun aber die Gänse anbetreffe, so seien ihm, dem Doktor Wübbke, dieselbigen ungeheuer, ja sehr ungeheuer gleichgültig; er halte keine, und eingeladen zu einem solchen Braten werde er auch nicht. Dass ihm durch solche heimtückische Anklagen ein damnum irreparabile, ein unwiederbringlicher Schaden an seinem guten Ruf geschehe, müsse er in Geduld tragen, denn es sei bessern Leuten als ihm, dem Doktor Wübbke, zu allen Zeiten in gleicher Weise ergangen; übrigens stehe nach seiner, Wübbkes, Meinung die lex contra nomenclatores und die lex Cornelia de falsis gleich hinter der lex Iulia majestatis und der lex Iulia de sacrilegio, und er, Wübbke, halte den, so ihn, den Doktor Wübbke, in so ehrabschneiderischer Weise, sei es schriftlich oder mündlich, angreife und beschädige, für ebenso ruchlos und vogelfrei, wie den, so sich an Obrigkeit und Kirche, ja an der allerhöchsten Person Serenissimi, des durchlauchtigen Herzogs und Herrn, selber vergreife.

Also sprach der Doktor Wübbke in den Gassen und auf den Märkten und trug sein Haupt immer höher erhoben, hatte aber die zerzauste Perücke, die Brausche am Cranium und die bedenkliche Erschütterung des Cerebelli auf den steinernen Platten der Hausflur im Erbherzog doch nicht vergessen; – er warf nur ganz geheim seine Gewürze in die Suppe, welche er meinem Freunde und Gönner, dem regierenden Herrn Bürgermeister, kochte; er rührte im Dunkeln mit dem jakobinischen Quirl im Hexenkessel. Mit den wilden, rohen Genossen, den furchtbaren Sansculotten von Bützow, saß er, ein unheilvoller Thersites, in dem Nebel und arbeitete an dem Verderben; aber – mit jedem Blick der ewgen Sterne fällt, – wie wenn die Düsternis der Alpenhöhle – mit ungewissem Glanz der Mond erhellt, – ein Strahl der Hoffnung sanft in meine Seele, – dass es ihm nicht ganz gelingen werde, dieses löbliche obotritisch-welatabisch-harmlose Gemeinwesen seinen gottlosen katilinarischen Gelüsten und Begierden in blutgieriger Wollust aufzuopfern. Dass meine matthissonsche Hoffnung mich nicht ganz täuschte, können der günstige Leser und die liebliche Leserin daraus ersichtigen, dass es mir gottlob vergönnet ist, die Geschichte der grausamen Verschwörung aufzuschreiben.

Ich kann es nicht leugnen, dass meine Seele sich über das dumpfe Brausen des Sturmes in der Ferne erfreute. Über zwei Menschenalter hatte ich in Bützow gelebt, ohne das Maß des Gewöhnlichen in meinen Erlebnissen überschritten zu haben; jetzt pochte das Extraordinäre an die Tür meines Museums, und ich erhob mich und machte freudig meinen Diener.

Wir wissen alle, welch ein harter Winter der des Jahres siebzehnhundertvierundneunzig wurde, wie das Thermometer auf siebenzehn Grad unter den Eispunkt fiel, was die Armeen in den Niederlanden und in Flandern auszustehen hatten, wie die Maas und die Waal zufroren und wie Pichegrü zu unserm und des Herzogs von York großem Schrecken mit seinen Neufranken darüberweg spazierte und Grave, Breda, die Bommelinsel und das Fort Sankt Andreas mit Sturm nahm. Wir wissen, wie der Erbstatthalter mit dem Engländer schleunigst nach England ging und wie der gallische Hahn mit Triumph nach Amsterdam hineinkrähte: Jetzt mag die Welt auch erfahren, wie *wir* diese Zeit der großen Kälte und der großen Haupt- und Staatsaktionen in unserm Winkel an der ebenfalls zugefrorenen Warnow verbrachten.

Der Doktor ging im Dunkel umher mit den Gevattern Scherpelz, Haase, Martens, Schmidt, Compeer, Narbe, Hoyer und andern finstern Geistern mit andern finstern Namen. Die Mamsell Hornborstel gab einen großen Tee, bei welchem der Magister und Kollaborator Albus zuerst Ästhetik nach Johann Georg Sulzers Theorie der schönen Künste vortrug, sodann einiges Rührende und Empfindsame aus dem Damenkalender zum Nutzen und Vergnügen für siebzehnhundertdreiundneunzig vorsäuselte und zuletzt mit Enthusiasmus und Inspiration seine politische Fackel vor den schönen Augen seiner angebeteten Julia leuchten ließ. Am siebenundzwanzigsten Dezember aber, einem Sonnabend, wurde die *Gans der Mamsell Hornborstel in den Pfandstall geführt.*

Achtes Kapitel

Auch der Magister Albus macht sich unnütz im Erbherzog und verlässt ihn.

Am siebenundzwanzigsten Dezember, einem Sonnabend, morgens zwischen acht und neun Uhr, wurde die Gans der Mamsell Julia Hornborstel von Grävedünkel in den Pfandstall geführt, und die Wasser brachen los!

Ich folge auch hier wieder als Gewährsmann dem Magister, den sein intimes Verhältnis zu dem Hause der Mamsell und der Jungfer Scherpelzin aufs Beste zur Observation für mich hinstellte, indem es ihm die feinsten Fäden aller Intrigen und Vorgänge unter den Augen hinschnurren ließ.

»Darauf habe ich nur gewartet!« sprach, ihre Dormeuse mit dem Anstande einer Römerin zurechtrückend, die Mamsell Hornborstel, als die wiederum atemlose Regina mit der Nachricht von dem Faktum hereinstürzte. »Rufe Sie mir den Magister Albus, Scherpelzin!«

»In den Weihnachtsferien hat selbst der arg geplagte Schulmann Zeit zu jedem Ritterdienst«, erzählte der Kollaborator; »auf den Fittichen der Hochachtung und zarten Neigung folgte ich der frühen Botschaft der siebenfarbiggeflügelten Iris und musste von ihr darauf aufmerksam gemacht werden, dass die holde Herrin nicht erwarte, ich werde mich in Schlafrock und Pantoffeln vor ihr präsentieren. Die Göttliche gestattete mir auch, meine Perücke aufzusetzen, und so trat ich vor sie, wohlpräpariert, den Kampf für sie mit allen Mächten des Himmels und der Erde aufzunehmen. Ich trat in ihr Zimmer, hielt die Hand geblendet über die Augen und rief: ›O Sacharissa!‹ Sie saß auf dem Kanapee, wo sie gewöhnlich zu sitzen pflegt, ihr Blick war Feuer, und zwar etwas mehr als gewöhnlich, und sie sah mich an – groß sah sie mich an – stumm sah sie mich an. ›Mamsell!‹, rief ich; sie aber winkte mir und redete folgendermaßen:

›Magister Albus, ich habe Ihn als einen zivilen, gescheiten und nicht unaimabeln Menschen kennengelernt; – Er ist in einem nicht unkonvenabeln Alter, gesund und eines verträglichen Gemütes; ich habe während meines Lebens unter Seinem Geschlechte wenig Konnäsancksen gemacht, welche Ihm in Hinsicht des Temperamentes und der angenehmen Intentionen und Sentiments gleichgekommen wären. Ich schmeichle Ihm nicht, wenn ich Ihm offen sage, dass Er mir recht wohlgefalle. Magister, Er ist zwar nur ein hungriger Schulmeister, aber Gott siehet mehr auf das Herz als auf den Rock, und was gehen mich die Löcher in Seinen schwarzseidenen Sonntagsstrümpfen an? Magister, wir sind beide ein Paar verständige, raisonable Leute, und Er mag mir antworten oder nicht, nach Seiner Beliebung; aber *die* Frage will ich an Ihn stellen: wie viel Er für mich gegen Seine vorgesetzte Behörde wagen will, wie weit Er sich in dieser ungerechten Sache für mich kompromittieren will, kurz, was Er tun will, um mich und mit mir Sein Vaterland aus dieser grausamen und unerhörten Tyrannei herauszureißen, was Er tun will, mir meine Gans und Rache am Doktor Hane und Sich unvergänglichen patriotischen Ruhm zu verschaffen?!« –

»Herr Kollega«, sagte der Magister Albus zu mir, J. W. Eyring, »wenn der Mann also angeredet und angeblitzt wird von einem solchen Weibe, so sieht er sieben Sonnen und sieben Monde zu gleicher Zeit vor seinen Augen tanzen. Und wenn er so viel Herrlichkeit zu gewinnen und so erbärmlich, so hundsgemein wenig zu verlieren hat, so wird er rabiat und verzückt zu gleicher Zeit, möchte sich die Brust auf- und sein flammenspeiendes Herz herausreißen und es der Himmlischen in die Hände drücken und schreien: ›Nimm, zermalmen iss!‹ Herr Kollega, vom Wirbel bis zur Zehe wird der größeste Tropf Mann und fühlt sich fähig, den Pelion auf den Ossa oder umgekehrt, wie es der Holden gefällig ist, zu türmen, fühlt den Beruf, zehntausend Augiasställe zu misten und fünfzigtausend lernäische Schlangen zusammenzuwickeln, sie hinten in die Rocktasche zu schieben und sich zerquetschend draufzusetzen. So tat ich, Herr Kollega, und sprach mit stammelnder Zunge zu der Adonide: ›Stern der dämmernden Nacht, erwarte die Dämmerung! Cathbat fällt durch Duchomars Schwert, ich gebe Ihr mein Wort darauf, Mamsell Hornborstel! Liebliche Tochter von Cormac, ich liebe dich wie meine Seele, und Turas Höhle, scilicet die Honoratiorenstube im Erbherzog wird widerhallen vom Geächz der Gefallenen. Mamsell Hornborstel, Sacharissa, Lalage, Janthe, o Lanasse, ich pfeife auf das Ober-Schul-Kollegium. Auf, Winde des Winters, auf, blast über die graue Heide; brüllt, ihr Ströme des Gebirgs; heult, ihr Stürme, und bestellt meine besten Komplimente an die Herren zu Schwerin! Saget ihnen, Julia sei mein, und sie möchten einen andern Narren schicken, der dumm genug sei, auf solche Weise langsam zu verhungern. – Sie wird heute Abend von mir hören, Mamsell, verlasse Sie sich drauf!‹ – also rief ich, stürmte von dannen, drückte auf offenem Marktplatz dem Doktor Wübbke die Hand und schloss mich auf meiner Stube ein, die Donnerkeile des Abends zu schmieden.«

So erzählte der Magister, und ich, der Historiograf, nehme den Faden der Handlung wieder in meine eigene Hand.

Weder von den Menschen noch den Grazien noch den Musen aufgesucht, hatte ich mich der harten Kälte wegen an diesem Tage fest in meinem Museo eingeschlossen gehalten, aber nicht wie der Magister Albus Donnerkeile geschmiedet, sondern Hampsons Leben des John Wesley in der Übersetzung durchgesehen. Die Biografie des frommen Mannes und Stifters der Methodisten hatte mich recht fromm, friedlich und milde gestimmt und mein Herz mit Zärtlichkeit, Neigung und Liebe gegen sämtliche Brüder und Schwestern rund um den Erdball herum erfüllt. Die Lehre von der selig machenden Gnade, der zufolge ein Mensch augenblicklich aus einem Sünder ein guter Christ werden kann, erschien mir recht plausible und kommode, und wären die Verzückungen, die epileptischen Zufälle, das Zubodenstürzen, das Geschrei, welches alles den Durchbruch der Gnade begleitet, nicht gewesen, ich würde mich von ganzer Seele und von ganzem Gemüte nach diesem geistigen Zahnen gesehnt haben. So aber blieb ich, und nicht nur aus diesem Grunde, sondern auch ein wenig dem Herrn Pastor Primarius Klafautius zuliebe, ein Gefäß der Ungnade, ein unangezündeter Leuchter, ein Kind der Sünde und antwortete, als der Abend genaht war und meine Haushälterin hereintrat und die Frage stellte, ob ich auch an dem heutigen Abend in den Klub gehen werde:

»Was sollte mich abhalten?«

Es hielt mich nichts und niemand ab; eine hohe Macht sorgte dafür, dass ich an diesem Abend glücklich den Erbherzog erreichte, ohne den Schrecknissen des Wetters und des Weges zum Opfer zu fallen: Die Nachwelt hatte mich immer noch nötig. Wer hätte ihr wie ich die Ereignisse dieses Abends schildern können?! –

Da saßen sie, die trojanischen Greise, aber nicht grinsend und schmunzelnd, als ob ihnen eben die arge, kokette und sehr schöne Helena die Bärte gestreichelt und den Honigtopf vorgehalten habe. Ihre Häupter waren gesenkt, ihre Nasen ruhten auf den Rändern ihrer Gläser. Ihrer tönernen Pfeifen Gewölk hing über ihnen gleich den vulkanischen Dämpfen, welche den Untergang von Herkulanum und Pompeji und den Tod des ältern Plinius ankündigten und zur Folge hatten. Nur der Bürgermeister sah wie gewöhnlich frisch und keck durch den Nebel, hielt sich aufrecht in seiner jovialen Breitschultrigkeit und ließ seine Stimme gleich einem natur- und Menschen erfrischenden Donner über den Tisch und an den Wänden mir zur Begrüßung hinrollen. Der Magister Albus war noch nicht vorhanden – der kam erst später.

Man brachte in gewohnter Weise allerlei aufs Tapet: die Witterung, die Fortschritte der Gallier in den Niederlanden, die Weißenburger Linien, die kaiserliche Armee, den Herzog von York, den Bau des neuen Spritzenhauses, den letzten Brand in Rostock; aber alles fiel tot geboren zu Boden und blieb liegen, wie es lag. Wenn eine witzige Bemerkung des Dirigierenden notwendiger- und höflicherweise belacht werden *musste*, so geschah das so hohl, als ob eine Gesellschaft Verdammter im Tartarus die vergeblichen Anstrengungen der Danaiden oder des Sisyphus oder die Grimassen des Tantalus belache.

Um neun Uhr, als wir alle dem Entschlummern so nahe wie möglich waren, – kam der Magister, trat in gewohnter Weise unhörbar ein, schlich in gewohnter Weise mit zusammengezogenen Schultern an den Wänden hin, nahm in gewohnter Weise den ihm von Rechts wegen zukommenden schlechtesten, zugigsten und dunkelsten Platz an der Tafel ein und trug doch den Funken bei sich, welcher die Honoratiorenstube in die Luft sprengen sollte.

Als der Ärmste, Jüngste, Schüchternste der Tafelrunde war natürlich der Magister auch das Stichblatt des Humors der witzigen Köpfe derselben. Jahrelang hatte man ihn aufgezogen, und jahrelang hatte er das mit lächelnder Demut ohne den allergeringsten Anschein von Widerstand oder Gereiztheit ertragen. Selbst dem Pastor Primarius fiel dem schäbigen Kollaborator gegenüber von Zeit zu Zeit das Brett – nämlich das Stirnschild Aaronis – ab, und er machte einen schwächlichen Versuch, ein Bonmot über ihn zu erfinden und preiszugeben. Der Bürgermeister war wahrhaft groß in Betreff des Magisters, und sein wanderschütterndes Gelächter vermochte den Armen zu einem Schatten platt zu drücken. So musste es denn wie eine Geisterapparition aus der Fabrik Cagliostros auf die Gesellschaft wirken, als dieses Nichts urplötzlich mit heller, schneidender Stimme nach einem Glase Bischof, »der Ambrosia Bruder Episkopal«, rief, dasselbe mit einem klassischen Fluch als »*zu schwach*« wieder hinausschickte, emporschnellte, auf den Tisch schlug, dass selbst der Bürgermeister zusammenfuhr, und rief:

»Bürger von Bützow!«

»Holla?!«, stammelte der Dirigens.

»Bürger von Bützow! Quiriten!« rief der Magister von Neuem, den Unterbrecher mit einem indeskriptibeln Blicke der Verachtung und des Hohnes zur Ruhe verweisend: »Bürger von Bützow, patriotische Männer, Söhne des teutschen Armins, des Winfeldsiegers! Als die Franken unter der Anführung des Generals Custine, wie jedermann bekannt ist, im Herbste des ewig denkwürdigen Jahres siebzehnhundertzweiundneunzig Mainz eingenommen hatten, sprach in der Gesellschaft der Freunde der Freiheit daselbst der leider zu Anfange dieses jetzigen Jahres in Paris allzu früh verstorbene Herr Professor Forster folgendermaßen: ›Es sind nun grade dreihundert Jahre verstrichen, seit der Graf von Nassau den Mainzern ihre Freiheit nahm. Er ließ damals ein Stück Eisen in der Gestalt eines Steins mit Ketten an dem Richthaus befestigen und sagte: ›Wenn die Sonnenstrahlen diesen Stein schmelzen, dann sollt ihr euere Privilegien wiederhaben!‹ – Mainzer, Bürger, jetzt wollen wir dieses Denkmal der Barbarei feierlich abnehmen und Denkmünzen daraus schlagen lassen mit der Umschrift: Die Strahlen der Wahrheit haben ihn geschmolzen!‹... Bürger von Bützow, auch uns ist ein solches Gedächtniszeichen der Tyrannei in der Mitte unseres Weichbildes aufgehängt worden, auch uns sind unsere Privilegien genommen; aber um drei Jahrhunderte ist die Menschheit fort- und dem Lichte entgegengeschritten; Bürger von Bützow, hier bin ich aufgestanden unter euch, deute auf den Stein des Ärgernisses und spreche ebenfalls. Die Strahlen der Wahrheit werden ihn schmelzen!«

Hier sprang auch der Bürgermeister, der sich allmählich aus der ersten Erstarrung emporraffte, auf; aber der Magister drückte ihn wie ein Kind auf seinen Sitz hinab und schrie:

»Bleib Er nur ruhig sitzen, Herr, ich bin noch nicht fertig mit Ihm! ... Bürger von Bützow, teutsche, aufgeklärte Patrioten, Freunde der Freiheit! Am fünften November hat die Faust ruchloser, brutaler Gewalttätigkeit, welche sich erfrecht, sich die wohlklingenden Namen Gesetzlichkeit und Ordnung beizulegen, gewagt, in unsere und der Natur geheiligtste Rechte einzugreifen. Unsere Frauen und Bräute sitzen in ihren Kammern und verachten uns Schwächlinge; – unsere Gänse, eingesperrt in ihre dunkeln und engen Käfige, ins Gefängnis geworfen, wenn sie die schützende Schwelle des Hauses oder Hofraums überschreiten, leiden, abgeschnitten vom freundlichen Element des Wassers, abgeschnitten von der wonnigen Frische des ewigen Äthers, an Magen- und Unterleibsbeschwerden jeglicher Art, vorzüglich aber an Dyspepsie; – der motus peristalticus, die wurmförmige Bewegung ihrer Eingeweide, wird immer unregelmäßiger, wird bald gänzlich aufhören, und – die Götter mögen uns vor dem Genuss der entseelten Leichname gnädigst bewahren! ... Bürger von Bützow, ich lese bittere Reue von den Gesichtern mehrerer der hier Anwesenden ab. Ein Dämon hat mehr als einen wackern Mann verführet, den Mund zur unrechten Stunde aufzutun; teutsche Männer und freie Bürger, *ich* öffne ihn zur rechten Zeit! ... Herr Kämmereiberechner Bröcker, ich habe mit der Frau Eheliebsten den Kasum durchgesprochen, und sie stehet auf *meiner* Seite, Herr Bröcker! ... Herr Pastore, ich weiß, wie die Frau Gemahlin über den Fall denkt! Meine Herren, die gewalttätige Faust, welche unsere ehliche Ruhe und den lieben Hausfrieden über den Haufen geworfen hat, ist die Faust eines hohnlachenden, jämmerlichen, verächtlichen Hagestolzen, der ein solches häusliches Glück nicht kennt und achtet und der es mit Willen und Vorsatz überall, wo es ihm aufstößet, diabolisch zu vernichten intentieret ist.«

»Nu ward mi dat denn doch to arg!« ächzte der Bürgermeister, abermals den Versuch machend, aufzustehen.

Mit verdoppelter Gewalt drückte ihn jedoch der Magister abermals und wieder hinab, schob ihm die spitzige, hungrige Nase dicht vor das bedenklich apoplektisch rot gewordene Gesicht und grinste:

»Herr, sitze Er ruhig in drei Teufels Namen! Er hat doch wahrhaftig lange genug das große Wort hier gehabt, nun lasse Er auch einmal 'n andern reden und sitze Er still, ich bin noch nicht fertig mit Ihm! ... Bürger von Bützow, sollen wir diese Faust in unserm Hofe, in unserm Hause, sollen wir sie hinter den Gardinen unseres Ehebettes noch länger tolerieren? Sie wird uns überall vor die Nase gehalten, beim Frühstück, beim Mittagstisch, bei der Abendmahlzeit. Sie folgt uns dräuend auf unserm Spaziergange und folgt uns nach harter Tagesarbeit in die Stunde unserer Erholung hierher in den Erbherzog – *hier ist sie!*«

Mit einem Gestus, der des Bürgers und Volksrepräsentanten Danton würdig gewesen wäre, zeigte der Magister auf die feiste Hand des Herrn Dr. Hane, die freilich festgeballt auf der Wirtshaustafel lag, aber jetzt blitzschnell heruntergezogen und in die Tasche geschoben wurde.

»Bürger, Freunde, Patrioten!«, schrie der Magister, der von seiner hervorbrechenden Suada immer höher über sich hinausgerissen wurde, mit gellendster Stimme, welche die Gastpatronin in die Tür der Honoratiorenstube und die Plebejer aus dem Gemache gegenüber in dicht gedrängter horchender Phalanx auf die Hausflur zog: »Bürger, Freunde, Patrioten! Ich erkläre die Beeinträchtigung der Gänsefreiheit für einen himmelschreienden Eingriff in die Menschenrechte; ich deklariere das Gänse-Ediktum nicht nur für eine Ungerechtigkeit, sondern auch für eine schildburgsche, lalenburgische Dummheit, für eine Sottise, welche uns vor den Augen des Universi herabwürdiget und schädiget –«

»Vivat Albus! Es lebe der Herr Magister Albus!« schrie der Haufe auf der Flur.

»Welche uns zum Gespött im ganzen Heiligen Römischen Reiche macht, welche unsere Laren und Penaten von ihren Gestellen neben unseren Herde herabwirft und welche ich hiemit frei und öffentlich vor dem Wohlfahrtsausschuss des gesunden Menschenverstandes und dem Revolutionstribunal der öffentlichen Lächerlichkeit denunziere.«

»Vivat die Gänsefreiheit! Vivat der Magister Albus!«, kreischte eine quäkende Stimme im Haufen, und ich glaubte, das wohltönende Organ des Doktors Wübbke darin zu erkennen.

Aber der Kollege Albus war noch immer nicht zu Ende.

»Bürger von Bützow!«, krähte er von Neuem los, »Ihr kennt mich, ich bin mit der Milch euerer Triften genährt, ich bin unter euch aufgewachsen; mein Gewand ist rein, mein Wandel unbescholten. Bescheidenheit war der Kranz meiner Jugend, Blödigkeit mein einziger Fehler. Bürger, Römer, Hellenen! Die eiserne Zeit pocht auch an den weichsten Busen und umschließt ihn mit siebenfachem Erz. Bis jetzt habe ich in Hunger und Kummer den Diogenes den Laertier kommentiert, aber von dieser Stunde an werde ich etwas anderes, Nützlicheres kommentieren. Ich bin nicht Advokat wie der Herr Doktor Wübbke, ich bin nicht Parlaments-Advokat wie Camille Desmoulins, aber gleich letzterm springe ich im Palais Royal der Weltgeschichte auf den Stuhl und rufe, ohne mir jedoch den Titel Generalprokurator der Laterne anzueignen: Gebt uns unsere Gänse heraus! Freiheit! Freiheit! Gänsefreiheit! Und möge der pro tempore regierende Bürgermeister Hane wie sein Edikt schmelzen im Strahle der Wahrheit, zerfließen im Lichte der Humanität und alle werden in der Erkenntnis seiner erbarmungswürdigen Nullität! Es lebe die Mamsell Hornborstel und die Gänsefreiheit! Freiheit! Freiheit, und unsere Menschen- und Gänserechte!«

Wie wenn Aeolus, der Beherrscher der Winde, alles, was blasen, zischen, heulen, brüllen und pfeifen kann, auf einmal aus dem Stalle lässt, so brach's los, als der Magister vom Stuhl, auf welchen er sich in der letzten, höchsten Begeisterung hinaufgeschwungen hatte, herabsprang.

»Hinaus, hinaus! Werft ihn aus dem Fenster! Schmeißt ihn aus der Tür! Grävedünkel! Husaren! Husaren! Revolte! Hinaus, hinaus!« schrien die einen.

»Vivat! Vivat! Freiheit! Freiheit! Gänsefreiheit! Gänsefreiheit! Vivat! Vivat!« brüllten die andern.

Es entstand in der Tür der Honoratiorenstube ein Gewoge und Gedränge wie in der Konventssitzung vom siebenundzwanzigsten Juli unseres Jahres siebzehnhundertvierundneunzig, und das letzte, was ich vor Mitternacht vom Magister Albus erblickte, waren seine beiden langen, hagern Arme, die er auf der Hausflur des Erbherzoges in die Luft warf, um sodann mit ihnen den Doktor Wübbke zu fangen, an sich zu ziehen und ihn im überströmen seiner Gefühle an den Busen zu schließen.

Für einen alten Mann war die Geschichte nicht, und vorsichtig ging ich mit meiner Laterne nach Hause.

Neuntes Kapitel

Was der Magister Albus in der Nacht vom siebenundzwanzigsten auf den achtundzwanzigsten Dezember des Jahres siebzehnhundertvierundneunzig ferner erlebte.

Ein wirres Rennen und Laufen in den Gassen, von Zeit zu Zeit bald näher, bald ferner lang hallendes Geheul, von Zeit zu Zeit melancholisch dumpfes Getute des Nachtwächters erhorchte das aufgeregte Ohr und gab sich keineswegs damit zufrieden. An Schlaf war nicht zu denken; die aufgespannte Natur schlug ein Tremolo nach dem andern im Körper an, und wie hätte ich vor einigen Stunden noch daran denken können, dass es der Magister Albus – mein sanfter, mein leiser, mein lieber Kollaborator Albus – sein würde, welcher mich in solche krampfhafter in solche spasmos hin und wider hüpfende Verfassung setzen werde.

Wie ich nach Hause gelangte, weiß ich nicht; das aber weiß ich, dass meine Haushälterin einen hellen Schrei der Konsternation ausstieß, als sie mich vermittelst ihrer Küchenlampe beleuchtete und mir den Mantel abnahm. Ich soll den Mund ziemlich weit geöffnet gehalten haben.

»Beruhige Sie sich und lasse Sie das vermaledeite Gequiek unterwegs, Johanne!« sprach ich nach Luft schnappend. »Es ist nichts – es ist nur – der – Magister – o beim Zeus und allen Unsterblichen, welch eine Suada! Welch ein Maulwerk! Bei allen Trompeten und Posaunen der Sphärenmusik, beim Jüngsten Gericht und des weiland Herzogs von Zweibrücken Katzenmenagerie, wer hätte das in dem Kerl gesucht? O Johanna, koche Sie mir eine Tasse Fliedertee, – das war mehr als ein holländischer Deichbruch! ... Nein, nicht meine Pantoffeln, ich danke und wünsche in den Stiefeln zu bleiben; – spreche Sie lauter, Hannchen; ich habe das Schnarrwerk der Weltgeschichte vernommen, und meine Ohren klingen bedenklich nach; wenn Sie Musketenfeuer hören sollte, so benachrichtige Sie mich auf der Stelle, – Freiheit! Freiheit! Gänsefreiheit! Vivat der Magister – Albus! Jetzt gehe Sie, Hanne, und schließe und versiegle Sie die Haustür. Man ist nicht sicher, dass einem solchen oratorischen Mirakulum nicht noch ein anderes folge.«

Jener sprach's; da gehorchte die Pflegerin Eurykleia; vorher aber stellte sie sich noch mal vor mich hin, sah mich an, schüttelte das Haupt und rief dreimal:

»O Herre, Herre, Herre!«

Dann drehte sie sich und entschwand, den Fliedertee zu bereiten; ich aber saß im Lehnstuhl, ließ beide Arme herabhängen und sprach dreimal und in dreifach verschiedener Betonung den Namen des redegewaltigen Kollegen, einmal tragisch, einmal elegisch und einmal komisch:

»O Albus! Albus! Albus!« –

Nach einigen Momenten dumpfig brütender Erschlaffung jagt's mich auf und trieb mich ans Fenster. Nicht nach der Art der empfindsamen Seelen konnte ich mich heute der Mondenkontemplation widmen; die sublunarischen Vorgänge litten es nicht, und die keusche Göttin verschwand auch baldigst schmollend hinter dem dunklen Vorhang des Gewölkes.

Jetzt stehet er auf dem Tisch in der Bürgerstube und distribuieret seine Beredsamkeit auch da! Imaginierte ich unwillkürlich. Jetzt löset ihn der Doktor Wübbke ab und der Pöbel rasaunet vor Lust! Wenn nur den Herrn Bürgermeister nicht der Schlag rühret! O Magister, Magister! Wie ein schwarzer, fliegender Drache, ein angstbeflügelter, wohlbeleibter geistlicher Komet schießet Ehrn Jobst Klafautius über den Markt nach der Pastorei und konzipieret im eiligen Lauf seine Denunziation für ein hochverehrungswürdiges geistliches Ministerium zu Schwerin. Jetzt packen sie Grävedünkeln an der Halsbinde oder am Zopfe und zerklopfen ihm sein eigenes spanisches Rohr auf dem Buckel. Da läuft der Kämmereiberechner: Gänsefreiheit! Gänsefreiheit! Und dort watschelt der Bürgermeister, und Schnarre, der Nachtwächter, fällt heroisch den Spieß gegen den nachdringenden Wübbke und den wutentbrannten sansculottischen Haufen!

Immer erschrecklicher, immer grässlicher malte mir die überreizte Fantasie die Vorgänge in der Ferne aus; – ich horchte – ich horchte; aber ich vernahm nur das wenige und unbestimmte Getön, von dem ich zu Anfang dieses Kapitels sprach. Ich wollte aber, ich hätte mehr gehört; es würde für das Nervensystem besser gewesen sein. Erst um Mitternacht erhorchte ich ein größeres Getöse wie von einer ernsthafteren Schlacht und Schlägerei; aber darauf ward's ganz still in Bützow, und man vernahm nur den Nachtwind und den Nachtwächter.

Um ein Uhr beschloss ich, ins Bett zu kriechen, und saß bereits schlaftrunken auf dem Rande desselben, um meine nächtliche Toilette zu beginnen, als ein Geräusch unter dem Fenster mich wiederum emporriss. Wie ein Seufzer erklang's, wie ein Gestöhn, wie das letzte Winseln der Tochter des Pfarrers zu Taubenhain. In demselben Augenblick vernahm ich ein leises Pochen und Kratzen an der Haustüre; – ein ängstliches Gepoch, welches fürchtete, sich irgendeinem andern als dem Hausherrn bemerklich zu machen, welches Scheu hatte vor der Nachbarschaft und dem wachsamen, belleifrigen Phylax, dem Wächter des Hofes. Ich zog die Nachtmütze fester an, öffnete vorsichtig das Fenster, sah hinaus, erblickte nichts als Finsternis und rief mit der Stimme des sichern, aber doch vorsichtigen teutschen Bürgers:

»Wer ist da? Wer unkt dort unten? Man nenne sich und gebe Kunde, was man will zu solcher Zeit und Stunde!«

Horch, abermals ein Ächzen, ein Geseufz und Wimmern wie aus dem Grabe Werthers und dann

> Erklang es von der Straße
> Gar gräulich durch die Nase:

»Herr Kollege! Herr Kollege! Um Gottes willen öffne Er! Ich bin's, ich, der Magister Albus! Das Fatum und die Desperation sind mir auf den Fersen! Vae misero mihi! Ich bin's, Herr Kollege, der Magister Albus! Pro dii immortales, ich kann nicht mehr; bei allem, was Ihm heilig ist, Kollege, mache Er kein Aufsehn und mache Er die Türe auf!«

Noch niemalen in meinem Leben war ich so schnell die Treppe hinunter gekommen; noch niemalen in meinem Leben hatte es mir solche Schwierigkeit verursacht, das Schlüsselloch zu finden. Meine Hände zitterten, und draußen wimmerte der Magister immer herzzerbrechender. Endlich, endlich öffnete sich das rostige Schloss, der Wind blies mir das Licht aus, und schwer stürzte mir der Kollaborator auf den Leib mit dem Ruf:

»Ich bin verloren! Ich bin hin!«

Ich schüttelte ihn ab, schloss schnell die Türe wieder, schob die Riegel vor und rief:

»Er weiß den Weg, – vorwärts – nur Ruhe, Magister – Sammlung! Die Treppe hinauf! Besinnung, Besinnung, Kollege! Vorsicht auf der Treppe, – meines Schutzes ist Er sicher – das Haus ist wohl verproviantieret – wir können schon eine Blockade aushalten. Er hat mir heute Abend ein großes Pläsier bereitet, Kollege Albus – da sind wir, vivat die Gänsefreiheit!«

Während ich in meinem Museo die Lampe wieder anzuzünden bemüht war, hatte sich der Magister in einen Sessel geworfen, noch immer ächzend und die Stirn mit der Hand schlagend. Als ich ihn mit der brennenden Lampe beleuchtete, erschrak ich wirklich und wahrhaftig, erschrak ich nicht weniger, als meine Magd vorhin über mich selber zusammengefahren war; nie

»war Hermann so schön«
So hat's ihm nie vom Auge geflammt!«

Der Magister sah bedenklich aus und schien in der Tat viel durchgemacht und erlebt zu haben seit dem Augenblicke, in welchem er triumphierend in der Honoratiorenstube im Erbherzog vom Stuhle sprang, um auf der Hausflur in die Arme des Doktor Wübbke zu sinken. Sein Jabot war zerrissen und blutbesudelt, seine Nase von einem kraftvoll geführten Schlag arg geschwollen, dito sein rechtes Auge. Ein Schoß seines schwarzen Schulmeisterröckleins war in den Händen seiner Feinde geblieben, seine Kniebänder waren geplatzt, und seine Strümpfe hingen hernieder wie die des dänischen Prinzen Hamlet in der wunderschönen, aber graulichen Tragödie von William Shakespeare. Man sah und roch es ihm an, dass er aus einer gewaltigen Bataille kam und dass er tapfer für seine Sache gekämpft habe; man konnte nur zwischen Mitleid und Bewunderung schwankend observieren, und nur mit Schauder konnte man an die Möglichkeit denken, gezwungen zu werden, in gleicher Weise wie er pro aris et focis, die Mamsell Hornborstel oder die Gänse von Bützow kämpfen zu müssen. Hatte der Magister Albus vorhin als Held geredet, so war er jetzt zum Ritter geschlagen worden; von Zeit zu Zeit griff er schmerzlich atmend in die Seite, nach dem Kreuze oder nach der Schulter; er schien arge Püffe in Empfang genommen zu haben, und wenn er so viele austeilte, wie er eingenommen hatte, so gab es in dieser Nacht mehr als einen blauen Fleck am Leibe mehr als eines Bewohners der friedlichen Stadt Bützow an der Warnow.

Während ich das Feuer im Ofen zu neuer Glut entfachte, dem zerschlagenen Helden ein Glas Punsch braute, nachdem ich ihm vergeblich eine Tasse vom Fliedertee angeboten hatte, lag jener im Lehnstuhl, hielt das

Gesicht mit den Händen bedeckt und sah erst auf, als ich ihm das dampfende Glas unter die verwundete Nase hielt und sprach:

»Nun trinke und erzähle Er! Seine Nase hat arg gelitten, und auch Sein Auge hat tüchtig herhalten müssen, aber das muss sich ein Heros und Triumphator schon gefallen lassen; es gehet mit in den Kauf und war auch in Rom und Hellas so gebräuchlich. Die Mamsell Hornborstel wird Ihm sicher den rechten Balsam auf seine Wunden legen.«

Tränen entströmten bei diesen Worten des Mitleids sowohl dem gesunden wie dem kranken Sehorgan des Kollegen, und mehrere derselben fielen in den erquickenden Trank, so ich ihm bot. Er genoss – atmete tief – schüttelte sich – genoss wieder und seufzte tief.

»O Kollega, o Herr Kollega, es ist nicht die Nase, es ist nicht das Auge, es ist weder das Kreuz noch das linke Schulterblatt, obgleich das alles auch nicht ist, wie es sein sollte; Herr Kollega, das Herz ist es! Es ist das Herz! O die Ungeheuere, die Ungeheuere, die Falsche, die Heimtückische, die Verräterische! O Sacharissa!«

Ich war im Begriff, in Anbetracht, dass der Weise stets Herr der Stunde bleibt, auch mir ein Glas Punsch zu brauen; jetzt aber entsanken mir der Löffel und die Zuckerdose.

»Sacharissa?«, rief ich, »die Mamsell Hornborstel? Was in aller Welt hat die mit Seiner Kürbisnase zu tun, Albus? Er hat wacker für sie geredet und gefochten, und Sein Lohn kann nicht ausbleiben.«

»Herr! O, wenn Er wüsste, wie sehr ich meinen Lohn bereits dahin habe!« schrie der Magister wild aufspringend; »Herr, ich will Ihm alles nach der Syntax verzählen, es soll kein Buchstabe, kein Wort, kein Satz, kein Komma und kein Punktum dazwischen mankieren; aber lasse Er mich nur noch einige Augenblicke lang verschnaufen; die Milz sticht noch ganz verflucht, und ich möchte Ihn wohl einmal so rennen sehen, Herr Kollege, wie ich eben gerannt bin. Ah, Zeus vermähle Ihn mit der schönsten Grazie und setze Ihn unter die Sternbilder zur Belohnung für dieses Glas Punsch!«

»Ich werde Ihm die Mischung noch einmal präparieren; sie hält den Mann in allen leiblichen und geistlichen Nöten und Gebresten zusammen. Sitze Er nur ruhig und halte Er sein Poterion her. Lasse Er sich Zeit zum Reden; wir haben ja den Tag vor uns; übrigens bin ich sehr verlangend nach Seinen Abenteuern.«

»Jawohl, wir haben den Tag vor uns, und kuriose Abenteuer habe ich auch erlebt! O es ist fürchterlich! O ich wollte, ich läge bei meinem Diogenes Laërtius ruhig in der Schublade. Da wäre mir wohl. O die falsche Sirene, die heuchlerische Trulla, die libidinose Janua, die heillose Mamurra, die natternzüngige Rufa, die – die –«

Der Atem ging ihm aus, und er trank, den Sturm der Gefühle zu besänftigen; ich aber, des nächtlichen Lagers fürs Erste noch entsagend, hielt es fürs beste, eine frische Pfeife zu stopfen und also mit mehr Gemütsruhe die Wiederkehr von Intellectus und Ratio bei meinem Kollegen abzuwarten.

Gegen drei Uhr morgens hatte er Öl genug auf die aufgeregten Wogen seiner Seele gegossen, war endlich kapabel, seiner Passionsgeschichte sich zu entäußern, und tat's, wie im Folgenden zu lesen steht; meine eigene Seele aber ruhte trotz der grimmig kalten kimmerischen Winternacht im heitersten Haine Arkadiens und

»Dryaden sah ich und mit spitzen
Ohren bockfüßige Faunen lauschen!« –

»Herr Kollega Eyring«, sang der Magister Albus das finstere Lied des Grames und des Zornes, »Herr Kollega, es ist eine uralte Wahrheit, dass die Götter, wenn sie dem sterblichen Erdebewohner ihren Olymp öffnen, wenn sie ihm einen Blick in ihre nektartrunkene Glückseligkeit gestatten, Heimtücke und Hinterlist im Schilde führen und willens sind, ihn so tief als möglich in den Kot hinabzudrücken. Titanen und Halbgötter haben solches erfahren, und einem armseligen, blöden Schulmeister wird die Experienz auch nicht ersparet. Man sehe mich an, hier sitze ich als klägliches Testimonium; ich, der gestern Morgen nach Ramler noch von Hoffnung trunken des Ozeans Gebieter war. Julia hatte mich zu ihrem Rächer auserwählt; Sacharissa hatte das Wort gesprochen, welches mich auf den Königsthron der schönsten Hoffnung erhub, Janthe hatte sich mir zur Gefährtin auf dem Lebenswege angeboten. Was war mir meine Schulstelle, auf der ich langsam den Tod des Ugolino starb? Ich konnte von meinen Renten leben, ich konnte ein Rittergut pachten oder kaufen, ich konnte mich baronisieren lassen. Lanasse hatte mir für die Demütigung des hohnblickenden Aristarchen, des dickwanstigen Timarchen ihre Hand gereicht, und zu ihren Füßen hatte ich den furchtbaren Schwur geleistet, sie und ihren kapitolinischen Vogel zu rächen, den Bürgermeister in den Staub zu treten, ein zweiter Fiesko dieses Genua dem Doria zu entreißen und heute im Purpur meines Sieges die Sonne aufgehen zu sehen. In diesem Sinne brachte ich den Tag über im Fieber hin, in diesem Sinne trat ich am Abend auf unter dem Volk von Abdera, und, Kollega, Er kann mir das Zeugnis geben, dass kein römischer Konsul, kein athenischer Archont, kein karthagischer Suffet jemals durch eine Rede der Gegenpartei dem Schlagfluss näher gerückt worden ist als der Doktor Hane durch meine demosthenische Eloquenz. Er hätte das nicht in mir vermutet, Kollege, und ich habe mich selber über mich verwundert. Optime, ich hatte gesprochen und triumphieret; doch ich stand noch am Anfang meines großen Unterfangens. Zehntausend Bajonette würden mich auf meinem Wege nicht aufgehalten haben; Beifall jubelte das entbrannte Volk; der Funke war von meiner Hand in das Pulverfass geworfen! – ›Freiheit, Freiheit, Gänsefreiheit! Nieder mit dem Bürgermeister! Reißt Bröckern die Nase ab!‹, schrie's um mich her, und Julias Bild schwebte im rosigen Lichte über dem Getümmel. ›Auf, Bürger von Bützow, auf zur Zwingburg der Tyrannei, auf zum Pfandstall, auf zum Gänsepfandstall!‹, schrie ich, und der Haufe brüllte mir nach. So kam ich von Hunderten umwogt auf dem Marktplatz an, und der Doktor Wübbke befand sich immer an meiner Seite, und von allen Geschöpfen der wimmelnden Erde ist mir keines von jeher so widerlich, so antipathisch gewesen als dieses. Noch immer klebt mir der übelduftende Dunst seiner Umarmung an; alle Wohlgerüche Arabiens werden ihn fürs erste nicht aus meiner Nase spülen. ›Ça ira, ça ira! Wir sind oben drauf, wir sind oben drauf!‹, schrie die zappelnde Kreatur; ›Herr Magister, Er ist ein großer Mann; – vivat und vorwärts; – allons enfants de la patrie – marsch vorwärts, ihr Bürger von Bützow! Auf, zur Bastille! Auf, zur Bastille! Herr Magister, ich bin Ihm sehr dankbar, recht sehr dankbar, und ich werde es Ihm später beweisen. Ça ira, ça ira! Voran, voran!‹ – Im kurzen Trabe, begleitet vom Geheul und Gebrüll der Population, durchmaßen wir die Gassen auf dem Wege nach Grävedünkels Behausung. ›Jetzt habe ich sie! Jetzt wird sie Wort halten müssen!‹ jubilierte Wübbke. ›Keine Ausflüchte, keine Exkusationen, keine Exzeptionen, keine Dilatio mehr! Vivat Julia! Io triumpho! O Hymenaee Hymen, Hymen o Hymenaee!« – Herr Kollega Eyring, die Haare sträubten sich mir empor; das Blut gerann in meinen Adern. ›Was schreit Er da, Herr Doktor? Welchen Namen nimmt Er da in den Mund, Herr Doktor Wübbke? Von welcher Julia redet Er?‹ – ›Von der Mamsell Julia Hornborstel, von meiner Sponsa!‹, jauchzte das spindelbeinige Monstrum; ›wenn wir's heute Abend dem Bürgermeister abgewinnen, so ist in vierzehn Tagen die Hochzeit, und Er als ein wackerer Führer des Volkes, Magister, soll auch Sponsae ductor, Brautführer sein; ich gebe Ihm mein heiliges Wort darauf; – o Julchen! Julchen!‹ – Herr Kollega Eyring, ich hielt im vollen Laufe grade unter den Fenstern der Mamsell Hornborstel ein und fasste den Blasphemisten am Kragen. O die Mörderin! Die Giftmischerin! Die Lamia! Die Falsaria! Wir zogen und rissen uns vor ihrer Haustüre hin und her; kopfüber, kopfunter, er oben, ich unten; ich oben, er unten; und unser Lumpenkomitat folgte natürlich unserm Exempel; – das ging über- und durcheinander wie nach der Einnahme von Troja, aber schlimmer. Die letzten Zähne habe ich dem Kerl eingeschlagen, das ist mein einziger Trost; aber die Wahrheit hat er ausnahmsweise gesprochen; die falsche Bestie, die mit dem Nachtlicht und der Nachtmütze am Fenster erschien und um Hilfe schrie, hatte uns beide ausgespielt wie zwo Schellenbuben und goss jetzt gar noch ihren Waschnapf auf unsere Köpfe! Als ich genug hatte und weder mehr sah noch hörte, als meine Anhänger vor dem lästrygonischen Gefolge des Rabulisten das Hasenpanier aufwarfen, riss auch ich hinkend und mit blutender Nase aus, und hier bin ich, und die Häscher, die Schergen, die Büttel und die Furien heulen vor der Schwelle des Hauses; – sie werden eindringen, – morgen bin ich in der Hand der Häscher, Schergen und Büttel, wie ich jetzt schon in der Hand der Furien bin, – morgen bin ich in Ketten und Banden auf dem Wege nach Schwerin, und dass man mir den Prozess mache, dafür werden Magistrat und Geistlichkeit von Bützow sorgen. O nur eine Viertelstunde mit der Mamsell Hornborstel und einer tüchtigen Haselrute allein, und ich wollte mein miserables Fatum noch mit Geduld ertragen!«

Hier brach der Magister in sich zusammen und schlug von Neuem stöhnend die Hände vor das Gesicht; ich aber stand vor ihm und sprach mit dem Chor des Aristophanes:

»O, wie jammerst du mich, unglücklicher Mann,
So entsetzlich geprellt und im Herzen gebeugt!
Ach, ach, ich vergehe vor Mitleid!«

Ein Entschluss musste aber doch gefasst werden, denn wir lebten in einer bösen, argwöhnischen Zeit, und es ließ sich mit den Herren zu Schwerin nicht spaßen.

Nach einigen nachdenklichen Gängen durch die Stube fragte ich den Unseligen, Verfolgten:

»Hat Er einige gegründete Hoffnung, Magister, dass niemand Ihn auf seinem Wege hieher und beim Eintritt in mein Haus observiert habe?«

»Ich kam, wie Schenkel und Winde mich führten!« sprach jener trotz seines Jammers noch immer mit Ramler. »Ich ließ das Getümmel der Schlacht und die grausen Verfolger in weiter Ferne; ich glaube, dass niemand mich erblickt habe. O Herr Kollega, ich umklammere nach alter philologischer Sitte Seinen Herd und umfasse Seine Kniee, verlasse und verstoße Er mich nicht!«

»Sei Er ganz ruhig, Albus. Er ist sicherer bei mir als der Feldmarschall Themistokles beim Könige der Molosser Admetus. Aber Sein Judicium wird Ihm selber sagen, dass es das Beste sein wird, wenn Er wenigstens für einige Zeit aus der menschlichen Gesellschaft sich eklipsiere. Er wird's mir nicht verübeln, wenn ich Ihn heute Nacht noch ins Hinterstübchen einsperre. An der notdürftigen Bequemlichkeit soll's Ihm nicht ermangeln, ein Bett ist daselbst stets aufgeschlagen, und ich gebe Ihm Ciceronis Tusculanische Unterredungen, sowie des Boëthii Buch von den philosophischen Trostgründen im Unglück mit, da mag Er sich trösten, bis die Luft wieder rein ist. Lasse Er sich's aber nicht beikommen, Seine Visage ohne meine besondere Permission herfürzustrecken; – ich will's Ihm schon verkündigen, wann's Zeit dazu sein wird. Nun gehe Er, ich will Ihm Wasser zu verschaffen suchen, wasche Er sich den Staub, das Blut und den Schweiß der Bataille ab und schlafe Er wohl. Selbst meine Weibsbilder dürfen nichts von Seinem Vorhandensein in meinen vier Wänden wissen; merke Er sich das! Und nun schlafe Er wohl, und Pallas Athene gebe Ihm den Schutz, welchen Ihm Aphrodite und Sein eigener gesunder Menschenverstand versagt haben.«

Zehntes Kapitel

Wie! Spricht jeder Biedermann,
Wer ist, der das dulden kann?

Ich bin im Grunde genommen ein recht ruhiger und beschaulicher Mensch, und der regelmäßige, nach der Uhr abschnurrende Schuldienst hat auch viel dazu getan, mich zu einem Ordnung und Reinlichkeit liebenden Individuo zu machen. Jetzt hatte ich ein Staatsgeheimnis und Unordnung, Verwirrung und eine große Responsabilität auf dem Halse und im Hause und durfte nicht einmal meine Haushälterin um Rat fragen. So streckte ich unruhigen Gemütes meine fröstelnden und müden Glieder aufs Lager, um wenigstens noch einige Stunden zu ruhen, warf mich hin und wider, schlug mich herum mit der Frage, was mit dem närrischen Magister jetzt zu beginnen sei, fand keine Antwort und versank in einen wüsten Schlummer, während welchem ich von mancherlei unangenehmen und anstößigen Dingen, vorzüglich aber auch von meiner seligen Frau, welche den Kollegen im Hinterstübchen entdeckt hatte und ihn natürlich mit aller Gewalt und großer Wut austreiben wollte, träumte. Mit antiker Treue gegen den Gastfreund verteidigte ich den heulenden Kollaborator; da traf ein zinnerner Kaffeetopf, geschleudert von der Hand der Seligen, meine Stirn: aufrecht saß ich im Bett, merkte, dass ich geträumt habe, und bemerkte, dass der Morgen graulich dämmere. Erst ganz successive kam mir dann die Gewissheit, dass ich die Geschichte mit dem Magister Albus *nicht* geträumt habe, dass der Handel seine Richtigkeit habe und dass der Kollege ganz gewiss und sicher im Hinterstübchen hocke und auf meine Kollegialität, Weisheit und Umsichtigkeit sein Heil baue.

»Der Kerl hat mir da ein schönes Hornissennest aufgestört!«, seufzte ich. »O ihr waltenden Götter, was soll daraus werden?«

Schon regte sich's in dem Parterre. Mit lauter Stimme begann Johanne ihr Tagewerk und ihren Morgenpsalm: Wer nur den lieben Gott lässt walten etc. Es regte sich auch bereits draußen auf der Gasse. Das Feuer in meinem Ofen wurde angezündet; ich hörte es krachen und prasseln; ich vernahm den Kehrbesen und den Wischlappen. Hähne krähten, Hühner gackelten, das Rindvieh rief vor leerer Krippe mit dumpfer Stimme den schlaftrunkenen Pfleger und Hirten.

Es musste ein Entschluss gefasst werden, ich packte den, welcher allein des Geschichtsschreibers, der mit stoischer Ruhe vom erhabenen Gipfel des Gebirges dem Laufe der Weltbegebenheiten folgen soll, würdig war; – ich beschloss, die Dinge an mich und den Magister herankommen zu lassen und jedes Mal dem Rate des Augenblicks zu folgen. So erhob ich mich denn, gefestigt in meiner Pflicht, das Gastrecht bis aufs äußerste zu wahren, ermutigt, sowohl dem geistlichen wie dem weltlichen Schwerte Trotz zu bieten, und ermöglichte es kühn, den einkarzerierten philologischen Vogel mit Speise und Trank zu versehen und ihm einen abgängigen, aber warmen Schlafrock zum Ersatz für das delabrierte schwarze, dünne Röcklein zuzuschieben.

Ich fand den Helden in der allerkläglichsten Verfassung; seine gestrige Bravour war zerflossen wie Nebel vor dem Winde, seine Maulfertigkeit war auf ein höchst insignifikantes Nichts reduziert. Er hatte nicht geschlafen und saß auf seinem Lager, hatte das spitze Kinn auf die fleischlosen Knieplatten gelegt. Wenn ihn ein hochnotpeinliches Halsgericht in einer Viertelstunde zum Galgen hätte abführen wollen, so hätte er nicht lamentabler aussehen können. Ich ermunterte ihn ein wenig durch den warmen arabischen Trank, verabreichte ihm eine gestopfte Tobackspfeife, sowie den Boëthius, empfahl ihm das allertiefste Stillschweigen und überließ ihn seinen angenehmen Fantasien und Gedanken, da ich ihm im

Hinterstübchen doch nicht von Nutzen sein konnte und es jedenfalls nötig war, die heutige Physiognomie von Bützow zu studieren.

Bimbam, bummbumm; bumbum, bimbam! klang's harmonisch vom Turm und forderte die frommen Beter auf, mit ihrer Toilette und ihren Haushaltsgeschäften sich zu beeilen und den zweiten Pastor Ehrn Peter Blessing ja nicht warten zu lassen. Ehrn Peter Blessings Sermon war wohl gepfeffert, gesalzen und gewürzt, mit dem notwendigen Zucker bestreut, ofenwarm und konnte jeden Augenblick aufgetragen werden; aber die andächtige christliche Gemeinde von Bützow schien diesmal mit schlechterm sabbatlichen Appetit als sonsten aufgestanden zu sein. Nur wenige alte Mütterchen und männliche Greise folgten dem frommen Rufe der Glocken und trippelten mit ihren großen Gesangbüchern zur Kirche. Die Männer und Frauen aber standen einzeln und in Gruppen vor ihren Haustüren und schienen keine Lust zum homiletischen Kuchen zu haben. Stiere Blicke suchten in vager, blöder Seelenlosigkeit am grauen Himmelsgewölbe nach der ewigen Gerechtigkeit und schienen sie nicht zu finden. Verdrossen herabhängende Mundwinkel deuteten auf innerlichen Zwist und Hader; doch waren auch intrepide, irascible Charaktere vorhanden, welche die Nasen aufwarfen und Grimm schnaubten. Am Brunnen steckten die Mägde die Köpfe zusammen; aber wenn sie auch heftiger gestikulierten, so sprachen sie doch in leisern Tönen miteinander; – die Bevölkerung von Bützow hatte Ähnlichkeit mit einem in Brand geratenen Torfmoor, es schlugen keine hellen Flammen auf, aber es qualmte fürchterlich und roch sehr übel.

Bimbam, bummbumm; bimbam, bimbum! Das war wie Sterbeglockenklang; sämtliche abgeschiedene Bürgermeister, Prätorn, Ädilen und Grävedünkels schienen in diesem melancholischen Tönen wieder aufzuwachen; ihre Geister durchzogen die winterlichen Lüfte; sie riefen wehe, und die gespenstischen Schleppen ihrer Amtsgewänder strichen dicht über den Dächern hin.

»Es gibt noch viel Schnee«, sprachen die Wetterkundigen, und die Dohlen kreischten in der Höhe und fuhren um die Dachgiebel und reihten sich auf den Firsten und reckten die Hälse wie die Zuschauer im Theater; sie wussten, dass drunten nicht alles in der Ordnung sei, sie wussten, dass es heute noch etwas zu sehen geben werde.

Ich öffnete das Fenster, reckte ebenfalls den Kopf vor, und volle Heiterkeit kehrte in mein Gemüt zurück. Mit Humor und Behagen nahm ich den Bericht meiner Eurykleia auf, welche ebenfalls nach gewohnter Weise vom Bronnen zurückeilte, und zappelnd mir nach *ihrer* Art die Vorgänge der Nacht zu kommunizieren trachtete. Schon hatte sich die Fama von dem Verschwinden des Magisters Albus über das Gemeinwesen verbreitet, und wild und ausschweifend waren die Fantasien über diesen Fall. Auch der Doktor Wübbke war spurlos verschwunden und nur ein Abdruck seiner Figur im jetzt gefrorenen Schlamm vor der Tür der Mamsell Hornborstel zu sehen. Des Magisters Hut war auch gefunden worden und lag übel zugerichtet auf dem grünen Tische des Rathauses, um nötigenfalls als Beweisstück gegen den unglücklichen Eigentümer bei der einzuleitenden Perquisition zu dienen. Auch ein abgerissener schwarzer Rockschoß war, arg besudelt, gefunden worden, doch war es nicht ausgemacht, ob er dem Magister oder dem Doktor Wübbke eigne. Der Pastor Primarius Klafautius trug seinen Bericht an die zuständige Behörde über das jakobinische Auftreten und Reden des Kollaborators kurz vor Beginn des Gottesdienstes eigenhändig zur Post, um nachher mit leichterem Herzen für den armen Sünder beten zu können.

Ich ging wie die Mehrheit der Bützower an diesem Tage nicht in die Kirche; aber ich schickte meinen sämtlichen Hausstand hin, um sodann den verfolgten Kollegen wenigstens für einige Augenblicke aus seiner trübseligen Dämmerung hervorzuholen. Beim hellen Tageslichte gewährte er einen noch elendern Anblick als beim Lampenschein; – er war übel, sehr übel zugerichtet; das Schicksal hatte seine Schuljungen bitter an ihm gerächt. Jede Bewegung verursachte ihm die ärgsten Douleurs; nur mit Stöhnen konnte er sich niedersetzen, nur wimmernd konnte er sich erheben, und sein Gesicht zeigte alle sieben Farben der Newtonischen Lehre und glich der Erde nach der Sündflut; wo Täler waren, erhuben sich Gebirge, – die große Revolution zu Bützow hatte ihren Anfang auf der Visage des Magisters Albus genommen! –

»Nun, was hält Er vom Boëthius, Kollega?«, fragte ich, um des Geschlagenen Geist ein wenig aufzurichten; aber dieser wandelte taumelnd auf andern Pfaden.

»Wenn ich mein Manuskript über den Laërtier Diogenes hier hätte«, wehklagte er, »so würde ich heute Abend noch durch- und über die Grenze gehen. Er könnte mir einen Brief an Seinen Korrespondenten Nicolai in Berlin mitgeben und zehn Taler als Darlehn vorstrecken und vielleicht, was Er noch von meinen Habseligkeiten retten wird, später nachschicken. Er würde sich einen Gotteslohn erwerben, und ich wollte mich schon durchschlagen mit dem Diogenes und der Allgemeinen Deutschen Bibliothek –«

»Die ist ja nach Kiel emigrieret!« warf ich ein; aber der Magister fuhr, ohne die Unterbrechung zu beachten, fort:

»Und Korrekturen hab ich auch schon in Leipzig für die Weimarschen und Jenischen Leute gelesen. Ich dächte, es sollte schon recht gut gehen und vielleicht besser als hier zu Bützow.«

Ein lautes Klopfen an der Haustüre jagte uns aus dieser Unterredung jählings auf. Der Magister schoss in die dunkelste Ecke zurück, bereit, in jedem Moment seinen Zufluchtsort im Hinterstübchen wiederzugewinnen; ich rekognoszierte vorsichtig durchs Fenster und fuhr ebenfalls terrifiziert weg:

»Grävedünkel!«

Da stand er in krummbeiniger Grimmigkeit, wild blickend, mit bereiftem Schnauzbart, in voller Amtstracht: mit Dreimaster, Säbel und gewichtigem, glänzendbeknopftem Stabe, der Wächter der Gesetze, das Schreckbild des bösen Gewissens! Da stund er und begehrte von Neuem und heftiger pochend Einlass!

»Courage, Mut, Tapferkeit, Kollega!«, flüsterte ich. »Fort mit Ihm ins Loch; – wir sind noch nicht zum testamentum nuncupativum, zum mündlichen Testament, wie mein Freund, der Bürgermeister Hane, sagen würde, gekommen. Schnell ins Gebüsch, und rühre Er sich nicht, was auch vorgehen mag; noch ist's nicht Matthäi am letzten, und ein Rekommandationsschreiben an den Buchhändler und Schriftgelehrten Nicolai soll Er auch haben.«

Der Magister evaporierte trotz seiner steifen Gliedmaßen mit wundervoller Agilität, und hüstelnd stieg ich hernieder, den gefahrdrohenden Boten und Alguacil einzulassen. Er suchte den Magister nicht bei mir! Er hatte nur den Auftrag, mich in höflichster Form nach beendigter Kirche zum dirigierenden Bürgermeister zu zitieren. Er gab sein Mandat unter der Haustüre ab und stapfte nach ernstem Gruße ab und verschwand um die Ecke, verfolgt von den Unheil kündenden Blicken des Volkes, das er leider allzu sehr verachtete und das ihm nicht so wohl wollte, als er verdiente.

Ich benachrichtigte den Magister in vinculis von der Botschaft, ließ ihn in neuen Ängsten und Befürchtungen und rüstete mich, dem gewichtigen Rufe vom kurulischen Stuhl Folge zu leisten.

Um elf Uhr durchschritt ich die Gassen von Bützow, sah die geisterhafte Larva der Mamsell Hornbostel am Fenster, stand unter den letzten

Tönen der Kirchenorgel vor dem gewaltigen Konsul Furius Quadratus Gallus.

»Das ist der Herr Rektor, Hochedelgeboren!«, sprach Grävedünkel, auf mich wie auf etwas ganz Neues deutend, und der Herr Bürgermeister erhob sich von seinem Stuhl, sank aber sogleich darauf zurück und erseufzte wie der Magister:

»Ah, mit Permission, Herr Rektor und Freund; aber ich bin hin!«

Er sah so aus, und ich konnte ihm aufs Wort glauben. Auch er, der würdige Vater der Stadt, hatte wenig geschlafen; ein neuer Atlas, trug er bis jetzt seine Welt, aber sie war ihm seit dem gestrigen Abend ein wenig zu schwer geworden. Grävedünkel stellte auch mir einen Sessel hin, und ich saß dem gebrochenen Oberhaupte des gemeinen Wesens von Bützow gegenüber und wartete fein stille ab, was es mir mitzuteilen habe.

»Ach, mein hochverehrtester Herr Gevatter und Rektor«, begann der Dirigens. »Ich würde es mich gewisslich nicht unterstanden haben, Ihn hiehero zu bemühen; ich würde Ihn gewisslich in Seiner eigenen Behausung aufgesuchet haben, wenn es mir nur meine Pflicht und Ehre und die Umstände der Zeit irgend permittieren wollten, meinen Posten zu verlassen. Aber die Tribulationes, so über uns dermalen hereingebrochen sind, lassen mir keine Ruhe, und Er ahnet nicht, Rektor, wer alles kommt und quästioniert und Rat und Hilfe haben will. Da ist keine Sekunde zum Atemschöpfen, und wenn die Malkontenten mir noch die Stadt an allen vier Ecken in Brand stecken, so ist doch nichts dagegen zu tun. O tempora, tempora! Wie viele Schock Teufel sind mir in meine Säue gefahren?! Und wie viele werden noch dreinfahren? Die Malevolenz der Menschheit ist gar nicht auszusagen!«

»Die Welthistoria siehet auf Ihn, Bürgermeister«, sprach ich ermunternd. »Halte Er sich grade und sitze Er fest; und wann der Stadtbulle mit Ihm durchgeht, so packe er ihn nur fest an den Hörnern; – einmal muss die Bestie ja doch vor der Mauer stillhalten.«

»Das ist mein Trost«, seufzte der Dirigent, »und mein zweiter Trost ist, dass mein Expresser jetzt grade wohl in Schwerin einreiten wird und dass sie mich gewiss nicht mala fide in diesen argen, wütenhaftigen Nöten und Drangsalen stecken und ersticken lassen können. Doch darüber wollte ich nicht mit Ihm diskurieren, Herr Rektor; sondern –«

»Sondern?!«

»Sondern über Seine intime Freundin, die Mamsell Julie Hornborstel!«

»Ei, ei, ei«, sprach ich in allerhöchster Verwunderung. »Ei, ei, wenn auch die Mamsell nicht meine intime Freundin ist – magis amica veritas! –, so darf ich doch fragen, was Er mir über dieselbe zu kommunizieren gedachte. Ich höre gern von ihr und bin ganz Ohr.«

»So will ich Ihm mein Herz ausschütten; und wenn Er mir einen guten Rat gibt, so – so – weiß Er was? So ist der türkische Pfeifenkopf, den er doch schon längst gierig angesehen hat, Sein Eigentum.«

»'s gilt für den Türken, feuere Er los, Freundchen!«

Der Dirigens richtete sich aus seiner Zermalmung auf, atmete schwer und sprach:

»Herr Rektor, diese Mamsell Hornborstel ist der Catilina von Bützow, und ich Jammermann bin der Konsul Cicero, ohne seine, mit Respekt zu sagen, Maulfertigkeit und sonstigen tugendhaften und löblichen Eigenschaften. Herr Rektor, dieses Frauenzimmer hat es auf meinen Ruin abgesehen, und wenn ich noch lebe, so ist es nicht ihre Schuld. Herr Rektor, kein Menschenkind auf Gottes weitem Erdboden hat jemals einen solchen höllischen Feind gehabt und solche Verfolgungen erduldet als ich seit – seit –«

»Nun – seit?«, fragte ich in größter Spannung.

»Ich will es Ihm sagen; denn ich habe mir vorgenommen, kein Mysterium mehr vor Ihm zu haben, da ich Seine Verschwiegenheit kenne und verhoffe, dass Er mir einen guten Rat geben wird: – seit dem Jahre vierundachtzig, seit mir das Herz in die Hosen fiel und ich mit Graus und Schauder vor ihrer Aimabilität und ihrer pläsanten Affektion Reißaus nahm in den Junggesellenstand!«

»Also doch!« sprach ich.

»Ja!« sprach er mit Grabesstimme, und wir saßen und sahen einander an, stumm beide, doch mit verschiedenartigen Zuckungen auf den Physiognomien.

Ergeben, wehmütig und tendre fuhr Furius Quadratus sodann fort:

»Sie hat mein Verderben geschworen, und sie hat mit Eifer daran gearbeitet. Kein Malheur ist mir passiert, bei welchem sie nicht eine Hand im Spiele hatte. Ich habe ihren Katzentritt überall hinter mir gehört; sie hat meine nächtliche Ruhe vergiftet, meinen guten Ruf untergraben und mich bei den Weibern hiesiger Stadt in einen Geruch gebracht, vor dem wahrhaftig die Nase sich krauset. Herr Rektor, sie steckte unter der Brotrevolte von einundneunzig, ihr habe ich über ein Dutzend Reprimandationen von Regierungs wegen zu verdanken; sie hat mir Anno zweiundneunzig das löbliche Schuhmachergewerk in seiner Sache gegen die Pantoffelmacher auf den Hals gehetzt; sie – sie steckt auch jetzt wieder hinter dieser verruchten Gänsegeschichte und Wübbke und der toll gewordene Magister sind nur ihre rechte und ihre linke Hand, und ich kann Ihm sub rosa vertrauen, Gevatter, dass ich die Maulschellen gefühlt habe, welche sie mir damit versetzt hat. Nun stehen die Dinge aber auf der Kante; was mir im nächsten Augenblick auf den Leib rückt, weiß ich nicht zu sagen, und da ich Ihn, Herr, augenblicklich für den einzigen Menschen in Bützow halte, der noch seine fünf gesunden Sinne und seinen Menschenverstand beisammenhat, so ersuche ich Ihn nunmehro mit gefalteten Händen, mir Seinen Rat in Betreff der Mamsell Hornborstel nicht vorzuenthalten.«

Ich legte mich in meinem Stuhle zurück, sah tiefsinnig nach der Decke, sodann dem Bürgermeister in die Augen und sagte:

»Herr Doktor Hane, was würde Er mit dem Magister Albus, meinem Kollegen, beginnen, wenn Er ihn erwischte?«

»Ich würde ihm womöglich den Prozess machen, ihn aufhängen oder wenigstens auf zehn Jahre ins Zuchthaus sperren lassen!«, schrie der Dirigierende mit großer Vivacität.

»Wenn Er mir verspricht, dieses nicht zu tun, sondern in Hinsicht auf seine Jugend und Unerfahrenheit ein Auge zudrücken und im Notfall ihn ohne Aufsehen über die Grenze schaffen helfen will, so soll Er seine Türkenpfeife behalten, und ich will Ihm doch einen raisonablen guten Rat in Hinsicht der Mamsell kommunizieren.«

»Braucht er Geld? Braucht er ein Paar neue schwarze Hosen? Braucht er ein Fuhrwerk?«, rief der Bürgermeister mit noch größerer Vivacität. »Schon um der Pfaffen und des fetten Salbaders Klafautius wegen soll er alles haben, und laufen mag er auch. Heraus, heraus mit Seinem Consilium, Rektor! Hier hat Er meine Hand drauf, dass *ich* Seinem hasenfüßigen Magister nicht den Weg verrennen werde.«

»Ein Wort ein Mann!« sprach ich feierlich. »Herr Bürgermeister Hane, lege Er der Mamsell Hornborstel die von Ihm aus Schwerin verschriebene bewaffnete Macht als Einquartierung ins Haus! prob –«

Ich konnte meinen Satz nicht vollenden; der Bürgermeister war aufgesprungen; er hielt mich im Arm, und schluchzend drückte er mich ans Herz; in demselben Augenblicke aber stürzte Grävedünkel wieder in das

Zimmer, glotzte stier und angstvoll auf seinen Vorgesetzten und rief keuchend:

»Sie kommen, sie kommen!«

Ein dumpfes Gesumm und Gebrumm, ein Getrappel vieler mit Nägeln beschlagener wilzischer Stiefel und obotritischer Schuhe ließ sich in den untern Räumen des Hauses und auf der Treppe hören.

Wer kam, wird im ominösen elften Kapitel zu lesen sein.

Elftes Kapitel

Der Demos von Bützow.

»Wie hat die zarte Lüstlin sich schamlos nun
Hoch aufgeschürzet! triefet von Blut! auch noch
Bewundert? Nicht allein der Unzucht,
Feil auch dem Raube, des Mords Gespielin!«

singet mit begeisterter und entrüsteter Zunge der Herr Graf von Stolberg zu seiner Gidith von der neufränkischen Nation; ich aber singe anders im andern Ton von dem, was der Bürgermeister Hane seine »Bützower Nation« nannte.

»Wer kommt? Sechshundert Schock blutig geschundene Höllenteufel, wer kommt? Klappe Er sein verruchtes Maul zu und rede Er deutlich: Wer hat die Impudenz, mir mit solchem infamen Getrampel ins Haus zu rücken?«

»Die Depuntatschon, Herr Burgemeister! Scherpelz, Herr Burgemeister! Haase und Martens, Holzrichter, Compeer und hundert andere Lümmel, Herr Burgemeister. Sie haben mir aus dem Wege geschoben und hätten mir fast umgestülpet, Herr Burgemeister. Sie wollen ihre Gänse; und da sind sie! Und sie haben alle einen übern Dorst!«

Sie waren wirklich da. Dass die Treppe nicht unter ihnen zusammenbrach, war ein Mirakel. Dass sie die Türe nicht einschlugen, konnte noch immer als ein Zeichen von teutscher Herzensgüte und Respekt vor der hohen Obrigkeit angesehen werden. Sie kamen aus der kalten Winterluft in die wohlgewärmte Stube, und ein Nebel stieg von ihnen auf; sie brachten auch ihren eigenen Geruch mit sich, und nur Ludwig der Sechzehnte erlebte etwas Ähnliches im Oeil de boeuf, als ihm statt seiner Hofleute das Volk daselbst seine Aufwartung machte. Im Hui waren wir in einen Winkel gedrängt, des Bürgermeisters imposante Würdigkeit war zusammengeschrumpfelt wie ein Blatt Papier auf einem Kohlenbecken; ich für meine Person konnte über einen soliden Ellenbogenstoß vor den Magen quittieren, unsere Aufmerksamkeit war in jeder Weise aufs Beste geweckt, und aus dem Nebel trat, schwankend auf den Füßen, Scherpelz, der Sattler, und erhub das Wort für die andern.

Er war fürchterlich betrunken; aber da schon Scaliger sagt: ›Non minus sapit Germanus ebrius quam sobrius‹, ein besoffener Teutscher versteht immer noch ebenso viel als ein nüchterner, so tat sein Zustand seiner Eloquenz wenig Abbruch, und mit dem Daumen und Zeigefinger sich am Westenknopfe des Dirigenten haltend, begann er:

»Herr Burgemeister – von wegen des Friedens und die Ruhe – von wegen die Gänsefreiheit und unsere Pravilegien und Freiheit und Gleichheit sind wir allhier und – bitten – um – um die Schlüssel zum – Pfandstall. Wir – hupp hupp – wir sind ruhige – Bürgersleute und haben Ihm lange genug Seinen Weg gelassen, Herr Burgemeister, und verholfen, dass Er uns das in Schwerin bezeugen wird, und was – hupp hupp – die Franzosen sind, die hätten Ihm schon längsten und lange nach Meriten mitgespielt und Ihn allerwenigstens bei die Beine aufgehänget. Herr Burgemeister – hupp hupp – Er tut uns leid; aber unsere – Pravilegien und Gänse tun uns noch leider, und Freiheit und Gleichheit und Brüderlichkeit sind auch was Schönes – hupp – und was die Franzosen sind, und was meine Tochter ist, so bei die Mamsell Hornborstel dienet, und was die Mamsell Hornborstel ist, so ist das Büxen wie Jacke, und wir stehen alle auf unserm Rechte, und die Gänse müssen raus. Habe ich recht, Vadders?«

»Hast recht, Scherpelz! Ga tau! Drupp! Pack'n un treck'n. Rut mid de Gööse, rut mid de Slöttel!«, schrie das Gefolge, und Scherpelz, ermuntert und erhoben durch die Approbation der Gevattern, fuhr fort:

»Und was die Franzosen sind, so sind das Mordkerls, und was sie können, das können wir auch – hupp hupp – und was hier der Magistrat ist und die Ausschußbörgers, und was sonsten auf die arme Leute hinten aufsitzt, so sollen sie ja ihren Herrgott danken, dass wir hier mit die Güljottine noch nicht fertig und parat sind und dass sie mit 'n – hupp – zerschlagnen Buckel für diesmal davonkommen. – Herr Burgemeister, von wegen mir und meine Regin', was bei die Mamsell Hornborstel dient, weiß Er nun meine Meinung, und nun gebe Er in Güte Grävedünkeln und die Schlüssel zum Gänsestall heraus – will Er?«

»Warte Er nur – Scherpelz – warte Er nur bis heute Abend!« keuchte der Bürgermeister im ohnmächtigen Grimm. »Das soll Er mir bezahlen! Warte Er nur bis zum Abend!«

»Vadders, hei will nich! Na, denn man tau!«, grunzte Scherpelz und taumelte zurück in die Arme der Genossen.

»Er will nicht! Er will nicht! Vivat die Gänsefreiheit!« schrie der Haufe, und an des Sattlers Stelle sprang Schmidt, der Schneider, der für *seine* Rede später beinahe ein halb Jahr lang im Zuchthause zu Dömitz auf Regierungskosten wohlverpfleget worden wäre, wenn nicht die hochgelahrte hallische Juristenfakultät dazwischen sich gelegt hätte. Er war ein gewanderter Mann, der in achtundachtzig teutschen Staaten Nadel und Schere recht habil geführt hatte, und vergnüglich war seine Rede anzuhören, und seine allergrößeste Schere hatte er auch mitgebracht und schnappte damit an den Haupt- und Kraftstellen so bedrohlich nach der bürgermeisterlichen Nase, dass dieselbe nur durch ein Wunder der ärgerlichsten Beschneidung und Verkürzung entschlüpfte. Was er aber sprach, das würde auch mich heute noch bei der Wiederholung auf Serenissimi allergnädigste Kosten nach Dömitz befördern, und prudenter schweige ich; denn wer kann sagen, ob die Herren zu Halle heute dieselbe Mildigkeit walten lassen würden?

»Warte Er nur, Schmidt – warte Er nur bis heute Abend!«, ächzte der Bürgermeister, um sich nur in einer Weise Luft zu machen. »Das soll Er mir büßen! Warte Er nur bis zum Abend. O, wir wollen euch Jakobiner, euch bützowsche Halunken und Taugenichtse, euch versoffene Schlingel und vagabundierende Galgenstricke, euch heruntergekommenes Lumpengesindel schon beim Wickel nehmen. Verlasset euch darauf, ich kenne euch alle und will's euch nach Gebühr eintränken. Wartet nur bis heute Abend.«

Höhnisch lachte und grölte die »Depuntatschon«, und jeder Gänsetumultuant und Stadtfriedenbrecher stieß dem andern mit Gegrunze den Ellenbogen in die Seite:

»Vadder, hei givvt de Slöttel nich rut! Hei deit et nich!«

»Nein!«, schrie der Bürgermeister mit donnernder Stimme. »Nein, in drei Teufels Namen, nein und abermals nein! Er gibt die Schlüssel nicht heraus. Was einspundieret ist, bleibt einspundieret; – kein Schwanz und keine Feder wird herausgelassen, und wenn das gesamte Pariser Sansculotten- und Bestienvolk im Anmarsch auf Bützow wäre. Grävedünkel, stelle Er sich auf vor dem Pfandstall und verteidige Er ihn wie ein Held mit seinem Leben. Und jetzt marsch hinaus mit euch, ihr habt mir die Luft hier lange genug verpestifizieret. Vorwärts, hinaus, hinaus, die Trepp hinunter!«

Mit der Energie der Desperation raffte er sich auf und beschrieb mit beiden Fäusten einen weiten Kreis um sich; zurück wich stolpernd und polternd der Demos von Bützow. Nachdem der Anstoß einmal gegeben war, hielt er auch nicht einmal mehr im Retirieren ein, sondern kam mit hellem Gekrach, im wilden Tumult, unter ohrenzersprengenden Vociferationes die Trepp hinab und auf der Gasse an.

»Freiheit! Gänsefreiheit! Gänsefreiheit! Gänsefreiheit! – –«

»Das überlebe ich nicht! Das hat Bützow noch nicht erlebt, solange es stehet!«, jammerte der Dirigens mit gerungenen Händen. »Bis die Schweriner Husaren kommen, haben sie alles kurz und klein geschlagen. Horche Er nur, Gevatter, wie sie jetzt nach dem Kämmereiberechner schreien. Aber bei Gott, wenn sie *dem* einen gelinden Tort antäten, so sollt's mich nicht kränken; *der* allein hat uns doch den Kessel aufs Feuer geschoben.«

»Carnicculum principium causae!«, sprach ich im allerschönsten Latein, welches ich für diese Gelegenheit zusammentreiben konnte, und da der Herr Bürgermeister mir weiter nichts zu sagen hatte, so ließ ich ihn in der Schwulität und nahm Abschied, um daheim meinem Magister im Loch die interessanten Details dieser angenehmen und bewegten Morgenunterhaltung mitzuteilen.

In den Gassen von Bützow aber sah es bedenklich aus: Die gute Stadt Straßburg unter dem Regime des weiland frommen Hofpredigers Seiner Durchlaucht des Herzogs Karl von Württemberg, Eulogius Schneider, mochte so ausgesehen haben.

Der am sichersten aufgehobene Mensch in Bützow war der Magister Albus in seinem Hinterstübchen.

Zwölftes Kapitel

Ein Knicks und ein Kompliment von der Mamsell Hornborstel. Acht Mann Husaren, ein Trompeter, ein Unteroffizier und – der Herr Leutnant von Schlappupp von Schwerin.

Ich fand ihn – nämlich den Magister – sänftiglich schlafend. Mit dem Kopfe lag er auf dem Boëthio und schnarchte. Er schien die trefflichsten Tröstungen aus dem trefflichen Opus des fürtrefflichen Geheimrates des Königs Theodorich hervorgezogen und sie sogleich nützlich auf den konkreten Fall angewendet zu haben. Er schnarchte sehr und orgelte durch alle Tonarten.

Dafür fuhr er aber auch umso hasenhafter in die Höhe, als ich ihm die Hand auf die Schulter legte.

»Wa – was? ... ah, es ist der Herr Kollega; den Göttern sei Dank, ich träumte soeben von etwas ganz anderm.«

»Das will ich Ihm auf Sein Wort und Seine verstörte Miene hin glauben; doch jetzo rapple Er sich auf, ich bringe Ihm ganz passable Nachrichten aus der Welt der Lebendigen. Pro primo, Er hat Seinen Willen bekommen, Bützow befindet sich im vollständigen Aufruhr –«

»O Castor und Pollux!« jammerte der Magister.

»Pro secundo, heute Abend noch rücken die Schweriner Husaren ein und nehmen alle Anstifter und Rädelsführer der grausamen Gänserevolte am Kragen und –«

»Ach, du liebster Herr Jesus! Herr Kollega! Herr Kollega!«

»Und pro tertio hat Er, Magister Albus, als ein harmloses, verführtes und behornborsteltes Individuum und genialisches Schulmeisterlein zu machen, dass Er über die Grenze und zum Freund Nicolai in Berlin komme. Mit Mecklenburg, Bützow und Umgegend ist's aus; die heilige Inquisition zu Schwerin würde ihm heillos den Marsch trommeln; und so wollen wir denn, verehrtester Herr Kollege, für Fuhrgelegenheit und die notwendige Reise-Equipierung sorgen. Für Sacharissa wird aber wohl kein Platz in der Chaise sein!«

Der Magister schauderte zusammen, drückte mir die Hand und wandte sich stumm ab. Ich erzählte ihm sodann in ausführlicher Weise von dem, was ich beim Bürgermeister gehört, gesprochen und gesehen hatte; und das physiognomische Schauspiel, welches mir der Exkollaborator dabei zum Besten gab, hätte selbst einen Lavater perplex machen können. Er hüpfte, er drehte und wendete sich auf seinem Stuhl, dass es ein Gaudium war, es anzusehen; zuletzt fiel er mir nochmals dankbarlichst um den Hals, und ich – wagte es jetzo, Johanna, die »altehrwürdige Pflegerin«, in das Hinterstübchen zu zitieren, sie mit dem geheimnisvollen Gaste bekannt zu machen und sie auf Konrad Geßners Bibliotheca universale schwören zu lassen, das erschreckliche Geheimnis zu bewahren. Mit großem Geschrei und recht kuriosen Gestikulationen schwor sie; ich traute ihr darum aber doch nicht über den Weg und nur bis zur Grenze meiner gynäkologischen Erfahrungen und behielt sie scharf im Auge. Sie hielt viele mit allerlei Interjektionen durchwebte Selbstgespräche sowohl in der Küche als auch auf der Treppe und hatte ein arges Wesen mit Kopfschütteln und Achselzucken; sie versalzte uns die Suppe und ließ den Braten anbrennen; alle Augenblicke horchte sie nach den Fenstern oder lief zur Haustür; – glücklicherweise trug ich den Schlüssel zu letzterer in der Hosentasche und gab ihn nicht heraus. Gegen drei Uhr holte ich persönlich den Kommentar des Diogenes Laërtius sowie einige notwendige Kleidungsstücke, darunter das letzte reine Hemd des Magisters, und bestellte das Fuhrwerk, welches den Rebellen dem rächenden Arme herzoglicher Justiz-Kanzlei entführen sollte, an die Hinterpforte meines Hausgartens. Gegen vier Uhr führte ich den in meinen Mantel gehüllten Kollegen zur wartenden Karrete, und nimmer hat eine zu entführende schmachtende Amorosa zitternder an dem Arme ihres Seladons gehangen als der Magister an dem Meinigen.

»Nehme Er den Passagier ja recht gut in acht, Krischan«, sprach ich zu dem Rosselenker, »Er weiß, was ich Ihm versprochen habe.«

Und Krischan wusste es, er blinzelte mit den Augen schlau mich an; – der Magister schluchzte zum letzten Mal an meinem linken Schulterblatt.

»Allons, Courage, Kollege!«, rief ich. »Hat Er den Boëthius? Hat er die Geneverflasche?!«

»Alles, alles!«, wimmerte der Exkollaborator.

»Na, denn steige Er ein und bestelle Er meine schönsten Komplimente an Herrn Nicolai. Wenn ich Ihm dafür noch etwas bei der Mamsell Hornborstel ausrichten kann, so bin ich Sein gehorsamster Serviteur.«

Kopfüber, mit einem krampfhaften Aufschnellen und Losreißen, stürzte sich der Magister Albus in die wackelnde Kutsche. Krischan peitschte auf die Gäule, mit Gerumpel setzte sich das Fuhrwerk in Bewegung und polterte um die Ecke der Gartenmauer –

> Lösch, o Jüngling mit der Trauermiene,
>   Meine Fackel weinend aus;
> Wie der Vorhang an der Trauerbühne
> Niederrauschet bei der schönsten Szene,
>   Fliehn die Schatten – und noch schweigend horcht das Haus! –

Ich horchte, bis der letzte dumpfe Ton des rollenden Kastens in der Ferne verloren gegangen war; dann erweckte mich aus der Melancholie ein anderer Ton, ein anderes Geräusch.

Der Demos von Bützow stürmte Grävedünkels Behausung und den Pfandstall! Ich schlich, natürlich auf Seitenwegen, zurück zum Bürgermeister! –

Da ich jetzt den unglückseligen Magister von der Seele los war, so konnte ich mit Heiterkeit und Behagen dem Developpement der Dinge zusehen. Aber nur mit dem Pinsel Michelangelos in der Hand wäre ich dem Dinge gewachsen. Nur mit dem Griffel des alten Homeros könnte ich diesen Kampf der Götter und Menschen würdig ausmalen.

Wer warf den ersten Stein auf die Grävedünkelschen Fensterscheiben? Wer holte die erste zappelnde, gigackende Gans aus dem vergitterten Gefängnis?

Der Herr Justizrat von Raven, welcher später die Verteidigung der Inkulpaten übernahm, und die hochlöbliche herzogliche Justizkanzlei zu Schwerin haben es ebenso wenig erfahren können wie ich, J. W. Eyring, Historiographus Buetzoviensis.

Was half es, dass Grävedünkel auf die Ordre löblicher Bürgermeisterei wie ein Held kämpfte? Er bekam fürchterliche Prügel und salvierte sich und den Seinigen nur mit Mühe und Not das nackte Leben.

Schon der Chänoboskos, der Gänsehirt, allein war eine Gestalt, wert, den kommenden Jahrhunderten in Erz gegossen aufbewahrt zu werden, und vom Meister Scherpelz mochte es wirklich heißen: Quis Herculem vituperet? Gewaltig waren die Gevattern Martens und Haase, Schmidt und Holzrichter, Compeer, Jakobs, Harnisch, Narbe, Zimmermeister Ebel und Zebell, Hoyer und Rhode, aber auch ihrer Weiber Mut und Tapferkeit war nicht gering zu schätzen.

Bis in den tiefsten Keller der Stadtkämmerei drang das Geschrei des Volkes und jagte dem Kämmereiberechner Bröcker, der daselbst hockte, immer erneute Schauer des Todes durch das zitternde Gebein. In seinem Kämmerlein saß der Pastor Primarius Klafautius; in Bangen und Beben sang er im Innersten seiner Seele: »Wenn mein Stündlein vorhanden ist« – und bekam zu weiterm Trost von der Primaria gar spitzige, anzügliche Redensarten zu hören. In Todesängsten schwebte ein ganzer wohlweiser Magistrat, und einzig und allein mein biederer Freund und Gönner, der Herr Bürgermeister Dr. Hane, war *nur* wütend. Wenn der Kämmereiberechner im tiefsten Keller kauerte, so traf ich den Bürgermeister hoch oben auf dem Hausboden; da sah er furiose auf die Schweriner Landstraße durch den beginnenden Schneefall, ohne Zeit für mich übrig zu haben.

Wie ein Fanal leuchtete sein apoplektisch-rotes Gesicht aus der Luke, und der Herr Leutnant von Schlappupp hätte es recht gut als ein solches nehmen können, wenn er mit seinem Unteroffizier, seinem Trompeter und seinen acht Husaren vom Wege abgekommen wäre.

Aber der reisige Zug und der Herr Leutnant hielten noch eine halbe Stunde von Bützow vor einer Schenke, um sich für die großen und gefährlichen Taten, welche sie zu vollbringen hatten, durch eine Herzstärkung tüchtiger zu machen. So oft auch der Bürgermeister zu seiner Klappe lief und die Nase in den schneidenden Wind und das Schneegestöber hinaussteckte, er sah und hörte nichts von der sehnlichst erwarteten Hilfe.

»O Himmel, wenn sie mich in der Bredouille stecken ließen!«, stöhnte der Dirigens, auf einer alten Kiste sitzend. »Niederträchtig wäre es, miserabel wäre es! Höre einer, wie sie brüllen – Bröckern hängen sie ganz gewiss auf! ... o, die verfluchten, die verfluchten Gänse; das soll ja einem den Geschmack und Gout an ihnen für alle Ewigkeiten verderben! Sie lassen mich stecken, Rektor, sie lassen mich stecken, sie lassen mich in der Patsche sitzen. Sie haben zwölf Stück in der Schachtel, aber sie sind zu blank und zu teuer und können 'nen Ritt durch den Schnee nicht vertragen. Sie lassen sie nicht heraus – kein Gedanke dran. Herr Gott, ich wollte, ich hinge auch schon am Strick und baumelte ruhig herab; da hätte ich zum ersten Male Ruhe in meinem Leben. O Bützow, Bützow, wer hätte das von dir gedacht!«

Wieder sah der Bürgermeister durch die Luke; aber es war nunmehr so dunkel, dass er mit einem heftigen Wurf die Klappe schloss und einen Fluch ejakulierte, vor welchem die Ratten und Mäuse in ihre Schlupflöcher zurückfuhren, vor welchem der Staub aufwirbelte und der Kalk von der Decke fiel.

In demselben Moment erklang ein winselnder Ruf: »Herr Burgemeister, Herr Burgemeister, man verlangt nach Ihm!« aus den niedriger gelegenen Räumen des Hauses, und ächzend stieg der Konsul auf mich gestützt hernieder.

Auf der Flur des Hauses stand inmitten der angstvoll zusammengedrängten Hausdienerschaft stramm, strack und frech die Jungfer Scherpelzin, setzte dem Vater der Stadt einen höhnischen Knicks hin und sprach:

»Herr Burgemeister, meine Herrschaft, die Mamsell Hornborstel, schicket mich mit einem Kumpliment und lässt höflich fragen, wie lange der Spektakul noch dauere und ob Er gar nichts dazu und dagegen tun wolle? Und wenn Er nur seine Lust an die Ängsten und Krämpfe von die unbeschützte Jungfrauen und Wöchnerinnen hat, so soll Er's nur sagen, und meine Mamsell und die Mamsell Tütge und die Mamsell Kottelmann wollen eine Eingabe an der Regierung machen von wegen die

Gänse und die Angst und Not und wollen um ein allergnädigstes Einsehen bitten und Ihn mitsamt Seinem hochlöblichen Magistrat als einen Schwachmatikus und Hasenfuß dem durchlauchtigen Herzoge vor die Nase hinstellen. Guten Abend!«

»Halte Er mich, Pabst«, sprach der Bürgermeister mit ersterbender Stimme zu seinem zweiten Liktoren, »Rektor, jetzt falle ich in Ohnmacht.«

In diesem Augenblick blus der Trompeter, dem Herrn Leutnant von Schlappupp und seinen acht Husaren voran, in Bützow herein, und fünf Minuten später hatte sich die Stille des Grabes über die Stadt geleget. Sämtliche Posaunisten der himmlischen Heerscharen hätten keinen größern Effekt hervorbringen können.

Dreizehntes Kapitel

Enthält die Copia eines Briefes Auctoris und beschließt die merkwürdige Historia von den Gänsen von Bützow.

Bützow, am 30. Mai 1795.

Hochedelgeborener, wohlgelahrter Herr Magister, insbesondere zu verehrender Herr Kollega, lieber Freund!

Sein Schreiben vom Fünfzehnten des vorigen Monden ist mir richtig zu Händen gekommen und hat mir eine besondere Freude verursachet, indem ich daraus ersehen habe, dass es Ihm noch immer nach bestem Wunsche in Berlin, auspiciis et auctoritate gloriosissimi regis Friderici Guilelmi II, gehet und Er sich mit Seinen Korrekturen und literarischen labores taliter qualiter nach bestem Vermögen durch die Welt schlägt. Dass Er die ihm von mir vorgeschossenen zwanzig Taler so bald remittiert hat, freuet mich als ein weiteres Testimonium Seiner soliden Zustände, und verbitte ich mir übrigens alle weitern Danksagungen in diesem Punkte; schreibe Er mir hingegen künftig ausführlicher über das dortige Gelehrtenwesen; es dringet von Tag zu Tag weniger davon in unsere kimmerische Nacht herüber, und ich will es Ihm nur gestehn, Magister, ich vermisse Ihn doch sehr. Es ist vieles anders geworden hier in Bützow seit Seiner Hegira und wenig zum Bessern. Wie die große Gänserevolution ausgegangen ist, weiß Er bereits im Einzelnen, doch will ich Ihm nunmehr die Sache im Ganzen wiederholen, damit Er Seinen Kindern und Kindeskindern später davon verzählen kann: Den Doktor Wübbke, Seinen Freund, hat man in seinem Bette verhöret, und sein zerschlagener Buckel ist ihm diesesmal gut zustattengekommen; – er hat ihm sein Alibi am 28sten Dezember beweisen helfen, und was die vorhergehenden Machinationes, Einblasungen und Aufstachelungen anbetrifft, so hat sich der Herr Doktor gar trefflich herausgelogen, und kein Katechumene ist jemals in einem weißern Gewande umherstolzieret als der Doktor Wübbke an diesem heutigen Tage. Was die andern anbetrifft, so ihre Gänse mit Gewalt heimgeholt und in Grävedünkels Hause weder Tisch noch Topf, weder Bank noch Stuhl heil und ganz gelassen haben, so sind sie natürlich mit dem Herrn Justizrat von Raven vor Herzogliche Justizkanzlei zu Schwerin getreten und haben des Sophokles Antigone zitieret:

»Wir sind bereit, zu halten glühend Erz
In unsrer Hand, zu gehn durch Flammen und
Zu schwören bei den Göttern einen Eid,
Dass wir's nicht selbst getan und dass wir nicht
Des Täters noch Ersinners Hehler sind.«

Herzogliche Justizkanzlei zu Schwerin hat aber weder auf den Justizrat noch auf den Sophokles etwas gegeben, sondern hat den Schneider Schmidt mit Zuchthaus zu einem halben Jahr begnadigt, den Sattler Scherpelz, den Schuster Haase und Fuhrmann Martens zu vierwöchentlichem Gefängnisse bei Wasser und Brod, »mit Verstattung warmer Speise ein um den andern Tag« grausam kondemniert, endlich sieben andere Bürger vierzehn Tage lang ins Loch setzen wollen. Es sind auch die elf Condemnati eine geraume Zeit im Loche gehalten, aber es hat doch allmählich ein immer deutlicher Gemurmel gegen den hochlöblichen Magistrat gegeben, und hat der Defensor ihn, den Magistrat zu Bützow, sogar ex lege diffamari belangen und ihn als einen verdächtigen Richter perhorreszieren wollen. Sind also auf allerhöchsten Spezialbefehl Serenissimi die Akten an eine hochgelahrte und hochpreisliche hallische Juristenfakultät abgegangen, und hat dieselbe wegen Unzulänglichkeit der Beweismittel nichts von Zuchthaus und Gefängnis wissen wollen und die Inkulpaten nur in die Kosten des Prozesses und der geführten Verteidigung verurteilt, welches mich, unter uns gesagt, von der hochlöblichen Fakultät recht gefreuet hat.

Also hat Senatus Buetzoviensis richtig und, ebenfalls unter uns gesagt, ganz nach Verdienst diesmal den kürzern gezogen. Ein jeglicher arme Sünder ist in den Schoß seiner Familie heimgekehrt; die Gänse haben mit Triumph wiederum Besitz ergriffen von den Gassen der Stadt, und Grävedünkel hat nicht mehr das Recht, wie Zieten aus dem Busch hinter der Ecke vorzuspringen, die zeternde Unschuld am Halse zu packen und sie erbarmungslos ins Prison zu schleppen.

Unsern armen Freund, den Bürgermeister Hane, hat infolge des allzu großen Ärgernisses und hinzugekommener neuer Alteration wirklich der Schlag gerührt, und haben wir ihm vor acht Tagen feierlich das letzte Geleit gegeben.

Die Mamsell Hornborstel hat ihn auf dem Gewissen; und da Er, Magister Albus, wie ich zur Ehre der Menschheit annehmen will, noch nicht gänzlich der Ansicht des Censors Metellus Numidicus, welcher die Weiber vor versammeltem Senate ein »notwendiges Übel« nannte, verfallen ist, so will ich Ihm das Nähere mitteilen.

Der Herr Leutnant von Schlappupp erhielt richtig durch Vermittelung unseres seligen Freundes, des Bürgermeisters, mit dem größesten Teile seiner Mannschaft sein Quartier im Hause der Mamsell Hornborstel und nahm mit seinem großen Hunde von der besten Putzstube Besitz: Er kennt ja Seine Sacharissa, Magister, und ich brauche Ihm weiter nichts zu sagen.

Den Herrn Leutnant kennt Er aber nicht, also will ich ihn Ihm nach besten Kräften beschreiben. Stelle Er sich vor den Spiegel, wenn Er einen hat, und lege Er Seiner Statur anderthalb Schuhe zu, streiche Er sich Seine, unter uns gesagt, etwas hagere Physiognomie schön safrangelb an, hänge Er sich einen rostgrauen Schnauzbart von formidabelster Länge unter die Nase, welche Er meinetwegen um anderthalb Zoll herabziehen und etwas rötlich – mit einem angenehmen Rot aus dem Schminktopf Auroras – färben kann: Imaginiere Er sich in schwefelgelbe Hosen, eine Husarenjacke und ein ewiges Leibweh, verbunden mit einem leichten podagristischen Hinken, hinein, und der Kriegsmann stehet leibhaftig und lebendig vor Ihm; und wenn Er es noch möglich macht, einen leichten spirituosen Dunst um und eine boshaft grimmige dänische Bulldogge mit Stachelhalsband neben den tapfern Sohn des Mars zu imaginieren, so hat Er nicht nötig, sich den Kerl von Herrn Chodowiecki porträtieren zu lassen.

Herr Kollega, wenn der Kasus nicht eine so betrübliche Folge gehabt hätte, so würde ich Ihm bestens dazu gratulieren: Am Tage vor dem plötzlichen Hinscheiden des regierenden Bürgermeisters von Bützow Dr. Hane, meines viel betrauerten Freundes, hat die Mamsell Julia Hornborstel ihm und der Stadt – ihre Verlobung mit dem Leutnant von Schlappupp notifizieren lassen! – – – – – – – – – – – – – – – – – –

Nach wieder fester gefasster bützowscher Gänsefeder kann ich Ihm nur noch mitteilen, dass der Herr Leutnant von seiner Gage lebte und jetzo, einem publiquen Geheimnis zufolge, gewillt sein soll, das Gut Borstwischhausen in der Nähe von Güstrow anzukaufen. Auch glaube ich Ihm, Kollega, die Versicherung, dass weder Er noch der Doktor Wübbke zur Hochzeit geladen wird, geben zu können, und fällt mir dabei die schöne Historie vom Kaiser Maximilianus ein, welcher, als ein hispanischer Ritter und der Ritter Rauber aus dem Lande Krain um seine natürliche Tochter warben, ihnen zwei große Säcke übergab und das schöne Fräulein demjenigen versprach, welcher den andern in den Sack stecke. Damals und dort insakkierte der Krainer den strampfelnden Spanier und zog mit der Dame ab; allhier zu Bützow aber habt Ihr, Kollega Albus und der Doktor Wübbke Euch gegenseitig in den Sack gestopft, und der Ritter von Schlappupp möge es ihr gesegnen, Hekate, welche nach Hesiod, wie Er weiß, Magister, die Göttin der Krieger, der Bürgermeister, der Advokaten und der – Wettkämpfer ist.

Doch was schreibe ich ihm noch von der Mamsell Hornborstel und der Stadt Bützow; sitzet Er ja nunmehr mitten im preußischen friderizianischen Uhrwerk, im erleuchteten Berlin, vernimmt ganz anderes Vogelgeschrei und höret ganz andere Räder schnurren. Was kann Ihm noch der Pastor Primarius Klafautius gelten, da Er tagtäglich mit seinem Krüglein zum mystischen Born des Herrn von Wöllner gehen und schöpfen kann. Nun bleibe Er in Seiner jetzigen illuminierten Stellung ein komplaisanter Mensch und vergesse Er uns nicht gänzlich. Meine Diskretion ist Ihm bekannt; so melde Er denn ein wenig mehr von der Monarchie Friedrichs des Großen und ihrem heutigen Zustande. »Pourriture avant maturité«, war doch ein böses Wort des Marquis von Mirabeau! – Sage Er uns auch Seine Meinung darüber, man wird Ihm sehr dankbar dafür sein, Kollega, und wenn Er je wieder etwas Bützowsches brauchen sollte, so stehe ich, wie Er weiß, stets zu Diensten.

Nun gehabe Er sich ferner wohl, und wenn Er den Boëthius nicht mehr nötig hat, so schicke Er ihn mir mit Gelegenheit retour. Das war doch noch ein anderer Mann und Geheimer Rat als der Rosenkreuzer Chrysophiron, vulgo Johann Christoph Freiherr von Wöllner!

Dem teutschen Biedermann und Verfasser des Sebaldus Nothancker gebe Er meine besten Grüße und bestelle Er mir bei ihm ein Exemplar seiner soeben ans Licht getretenen »Geschichte eines dicken Mannes«.

Damit verbleibe ich, Herr Kollega, für jetzt und alle Zeiten

Sein ergebenster Diener und Freund
J. W. Eyring.
Rect. emer. Buetzoviensis.

Lightning Source UK Ltd.
Milton Keynes UK
UKHW010800071221
395242UK00004B/613